郭旭辰 ◎ 著

Bon Appétit!

甜點物語
英法語字彙

英法語的
午後甜點食光！

甜點、下午茶
一場美好的味蕾饗宴……

🧁 **主題介紹**：細說各樣法式甜點的由來故事！

🧁 **魔法廚房**：傳授前輩製作甜點的小祕訣！

🧁 **可口的英文＋法語字彙**：列舉你一定要知道的相關字彙，
利用**諧音法**輕鬆記住補充法語單字的發音！

附英、法語超值光碟

preface

—— 作者序 ——

　　你知道塗奶油的抹刀英文和法文該怎麼說嗎？誰說學習語言只能跟著課本學？每天幾乎都會用到的廚房小物課本幾乎不會出現，學習一個語言其實有很多方法，大家都說要有環境，如果沒辦法久居海外，何不自己創造環境呢？

　　從日常生活開始，我們應該「假裝」自己是「歪國人」，早上喝咖啡配新聞，盡量接觸與英、法文相關的書籍與生活題材，像是食物！食物是我們人類不可或缺的，和食物相關的單字、用法相對也比新聞單字來得有趣又好記！

　　學習語言的路上，我都會很仔細的挑選適合自己的教材，除了看很多青少年讀物外，就是看食譜了，如果你愛吃、愛美食、想挑戰經營甜點餐飲業、想進修餐飲知識，這本書很適合你喔！不但能知道一些經典甜品、茶和咖啡特別的歷史由來，也可以順便學英文和法文，會讓你學習起來更加事半功倍！

郭旭辰

editor's

—— 編者序 ——

　　台灣餐飲業蓬勃發展，台灣人對甜點、下午茶更是超出想像的熱愛。因此相關連鎖產業如雨後春筍般紛紛湧現，許多業者更推出許多超值的套餐優惠。甚至有許多人遠赴法國學習甜點的製作方式，或是積極開拓國外市場。這種時候，外語能力就顯得十分重要。

　　本書特地在每章節皆規劃了英、法文單字的對照、發音與應用，除了一方面吸收經典甜點、下午茶的由來故事，更能知道該如何發音英、法文單字，尤其在法文單字的部分，我們特別獨創了諧音法，幫助讀者更能輕鬆記憶。

　　想進修英、法文字彙的、想知道更多餐飲知識的、想自己開甜點店的，加入我們吧！一起來場美味的英、法語甜點字彙饗宴！

編輯部

Contents 目次

part 1 甜點

part 2　下午茶

part 1 甜 點

Macaron 馬卡龍

 主題介紹

　　法國經典甜品馬卡龍（Macaron），主要是用蛋白及杏仁粉做成的蛋白脆餅。最早出現在義大利的修道院，當時有位修女為了用甜點替代葷食，製作出這道由杏仁粉做的甜點。在 16 世紀時，一位義大利公主出嫁時，連同糕點師父一起來到了法國，於是，馬卡龍因緣際會地在法國各地流傳開來。20 世紀，巴黎的糕點師傅 Pierre Hermé 以獨特的方式來呈現馬卡龍，利用三明治的夾法將甜而不膩的餡料夾於傳統的兩個杏仁脆餅之間，這就變成我們現在常見的馬卡龍。

🍒 前輩經驗巧巧說

馬卡龍主要材料為蛋白、糖、杏仁粉及餡料，餡料如：巧克力。所以製作馬卡龍的成本並不高，但是它是一個很不好做的甜品，各位製作時請敬畏它，像敬畏大自然一樣，因為一不小心它就會反過來傷害我們的小小心靈。

有些人很喜歡馬卡龍，因為吃起來會有瞬間變貴婦的感覺，但是我個人不太喜歡市面上的馬卡龍，因為都太甜了，不要照著食譜走，蛋白脆餅的部分其實不需要甜味，只要有杏仁香，再配上中間的餡料，就會讓你有再次初戀的感覺喔！

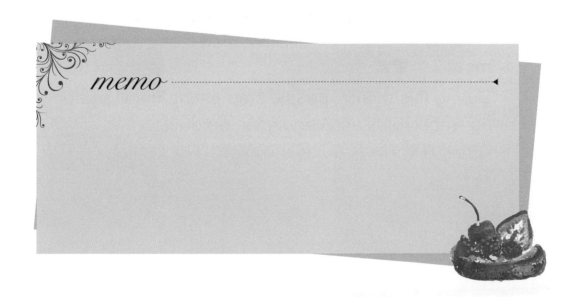

memo

 **英文字彙** *Track 01*

❧ **dessert** *n.* 甜品

A light and juicy pineapple dessert is the perfect end to any meal.

一個清爽多汁的鳳梨甜品為每一餐畫上完美的句點。

❧ **almond** *n.* 杏仁

There was a bit of the almond taste in this green tea cake.

這個綠茶蛋糕裡有一點杏仁的味道。

❧ **egg white** *n.* 蛋白

A macaroon is a French sweet made with egg white, sugar, and almond powder.

馬卡龍是一種用蛋白、糖及杏仁粉製成的法式甜品。

❧ **meat** *n.* 葷食

During this month, people stop eating meat and only eat vegetables and vegetarian products.

在這個月當中，很多人停止吃葷食，只吃蔬菜及其他素食品。

❧ **pastry chef** *n.* 糕點師傅

She spent half of her life in Le Cordon Bleu trying to be the greatest pastry chef in the world.
她花了大半輩子待在藍帶廚藝學校，因為她想成為全世界第一的糕點師傅。

❧ **ganache** *n.* 甘納許

My brother is a big fan of ganache. He can eat at least five pieces every time a ganache cake is in front of him.
我弟弟是甘納許的頭號粉絲。每次有甘納許蛋糕在他面前，他最少可以吃五塊。

❧ **filling** *n.* 餡料

Chocolate ice cream makes a great filling for puffs.
巧克力冰淇淋非常適合做泡芙的餡料。

❧ **powder** *n.* 粉末

Remember not to put chicken soup powder directly into the soup; otherwise, your soup will be a mess.
記住絕對不要把雞湯粉直接放進湯鍋裡，要不然你的湯會一團糟。

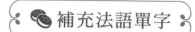 **補充法語單字** 🐚 *Track 02*

🎀 **macaron** 馬卡龍 英 macaroon

> 唸法▸ 媽嘎鬨
>
> 解釋▸ 一種蛋白圓餅。許多人容易搞混 macaron 和 macaroon，macaron 是法文的拼法哦！

🎀 **dessert** 點心 英 dessert

> 唸法▸ 爹賊喝
>
> 解釋▸ 糕點類的甜品。法文跟英文拼法雖然相同，但唸法卻差很多喔！

🎀 **trop** 太，超過 英 too

> 唸法▸ 投
>
> 解釋▸ 是一個副詞，指太多、太超過時都可以使用。

🎀 **sucré** 甜 英 sweet

> 唸法▸ 蘇可嘿
>
> 解釋▸ 像糖或蜜的滋味，與「苦」相對。

✤ **ingrédient 材料** 英 ingredient

> 唸法 航 ㄎㄟ 底用

> 解釋 材料是指人類用於製造物品的物質。

✤ **ganache 淋醬** 英 ganache

> 唸法 嘎納許

> 解釋 指任何包在麵包、甜品、蛋糕內的醬料，如：巧克力醬、焦糖醬、紅豆沙……等。

✤ **poudre 粉末** 英 powder

> 唸法 不的喝

> 解釋 任何東西被磨成很細的分子，稱之為粉末。

✤ **viande 肉** 英 meat

> 唸法 V 用的

> 解釋 人或動物體內紅色、柔軟的組織。

Ispahan 伊斯巴翁

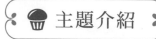

主題介紹

Ispahan，由 Pierre Hermé 發明，他的創意震驚烘焙界。它是玫瑰口味，尺寸是一般馬卡龍的兩倍大，中間夾著荔枝餡料，並以新鮮的覆盆子圍著，表層放一片玫瑰花瓣。花瓣上有一滴糖漿水珠。自從 Pierre Hermé 出名後，他就從未停止改進它。所以現在 Ispahan 的外觀已經跟剛開始的不太一樣了。

如今，你可以在法國大大小小的甜品店找到類似 Ispahan 的甜點，但是只有 Ladurée 和 Pierre Hermé 本人才能使用 Ispahan 這個名字。

🍒 前輩經驗巧巧說

　　品嚐 Ispahan 千萬別用刀叉，要整個拿起來吃，一口吃到所有配料。有荔枝的天然清甜，加上上下層餅皮都是淡淡的玫瑰花香，整體甜度不高，帶點微酸，質感鬆軟而略帶濕潤，非常好吃。

　　荔枝泥真的很美味動人，非常推薦冰淇淋公司去開發荔枝口味，想到那酸酸甜甜的口感，口水不自覺地在口中分泌。這個甜點的成本相對偏高，作法複雜，加上台灣莓果類都是進口的，所以除非很有自信，要不然不太推薦賣這款甜點喔！或許我們可以用台灣在地食材，發明出一個專屬台灣人的 Ispahan，你們覺得呢？

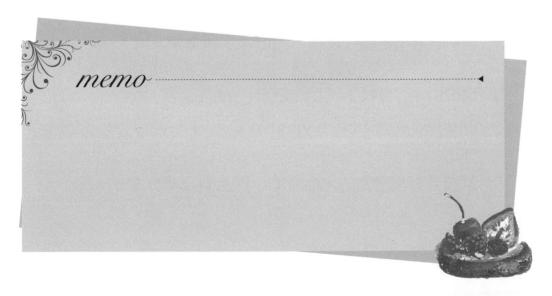

memo ┈┈┈┈┈┈┈┈┈┈┈┈┈┈┈┈┈┈┈┈┈◄

 英文字彙   *Track 03*

baking industry *n.* 烘焙界

Pierre Hermé is one of the famous pastry chefs in the baking industry.

Pierre Hermé 是烘焙界其中一位出名的廚師。

rose *n.* 玫瑰花

Not every girl likes roses on Valentine's Day. Sometimes several sweet talks to her is even better.

不是每個女生在情人節時都喜歡收到玫瑰花。有時候，幾句甜言蜜語甚至更好。

flavor *n.* 味道、口味

They sell more than 50 different flavors of ice cream in their shop.

他們店裡賣超過 50 種不同口味的冰淇淋。

litchi *n.* 荔枝

Litchi is very rich in Vitamin C and is very good for our skin.

荔枝含有極豐富的維他命 C，而且對皮膚非常好。

- **raspberry** *n.* 覆盆子

Good morning! Which one would you prefer this morning, raspberry jam or Nutella?

早安！今天想選哪一種果醬呢？覆盆莓果醬還是榛果醬呢？

- **petal** *n.* 花瓣

Ancient Chinese medicines treat patients with digestive problems with rose petals.

古代中醫用玫瑰花瓣來治療消化不良的病患。

- **syrup** *n.* 糖漿

My siblings and I always have a thick slice of bread with syrup every day at four o'clock.

我跟我的兄弟姊妹每天四點都會吃一片糖漿厚片土司。

- **moist** *adj.* 濕潤的

This morning on my way to school, the path was moist with dew.

今早去學校的路上，小徑被露水滋潤了。

補充法語單字　　*Track 04*

ispahan 伊斯巴翁　　英 ispahan

唸法▶ 伊斯巴翁

解釋▶ 一種由馬卡龍延伸的甜點，材料以玫瑰和荔枝為主。有趣的是，此單字不是它專用的喔，也指一種玫瑰和伊朗中部一個城市的名字。

---

goûter 品嚐　　英 taste

唸法▶ 估ㄅㄟˇ

解釋▶ 慢慢且細緻地感受食物本身的味道。

---

goût 味道、品味　　英 flavor

唸法▶ 固

解釋▶ goût 和 goûter 是不是長很像啊？因為 goût 就是 goûter 的名詞喔！

---

pâtisserie 甜品店　　英 pastry shop

唸法▶ 八滴瑟嘿

解釋▶ 賣各式蛋糕及甜品的店。

❧ **acid 酸** 英 sour, acid

唸法▶ 阿西的

解釋▶ 一種味覺，如吃檸檬的味道，會有刺激性的感覺。英
文的 acid 也有酸的意思，只是跟法文的唸法不同。

❧ **sirop 糖漿** 英 syrup

唸法▶ 西吼

解釋▶ 一種將蔗糖溶於水或其他水溶液所製成的液體。

❧ **tartiner 塗抹** 英 spread

唸法▶ 搭喝丁餃

解釋▶ 烤吐司片的法文是 tartine，這裡是把名詞 tartine 轉
變成動詞，指塗抹果醬在土司上的意思喔！

❧ **baies 莓果** 英 berry

唸法▶ 貝

解釋▶ 一種酸酸甜甜的水果，通常甜點裡會加入莓果，讓甜
點味道更豐富。

Le Mont-Blanc 蒙布朗

 主題介紹

Le Mont-Blanc 蒙布朗，15 世紀時，義大利的食譜裡就已經有它的蹤跡，17 世紀才風靡法國。蒙布朗外型的靈感來自阿爾卑斯山最高峰-白朗峰。白朗峰山頂常年積雪，秋季時因樹木枯黃，山頂呈現褐色。而栗子的產季在秋天，正統的法式蒙布朗，上面的栗子奶油應是褐色，剛好與秋天的白朗峰做呼應。另外，蒙布朗一開始只有栗子口味，現在看到其它口味的蒙布朗，都是後來研發出來的。

🍒 前輩經驗巧巧說

　　秋天時，常會看到甜點店中出現兩種顏色的蒙布朗，一種是深褐色，另一種是鵝黃色。此為兩種不同產地的栗子，深褐色為歐洲栗子，鵝黃色為亞洲栗了；兩者的氣味與口感也不同，歐洲的味道及香氣較濃郁，亞洲的則較為清爽。

　　如果這時有位客人想請你推薦一道甜點給他，就推薦蒙布朗吧！可以先把蒙布朗名稱的由來說給他聽，好的甜點配上故事吃起來會更有味道，況且這道甜品沒有太強烈的味道，很容易讓人接受，就讓綿密的蒙布朗融化他的心吧！

memo --▸

 英文字彙 — Track 05

❧ recipe *n.* 食譜

Although this recipe looks complicated, it is actually very easy to prepare.

這個食譜雖然看起來很複雜,做起來卻非常簡單。

❧ appearance *n.* 長相,外型

20 years later, the appearance of my high school teacher is completely changed.

過了 20 年,我高中老師的長相完全變了。

❧ orthodox *adj.* 正統的

She believes the orthodox cancer treatments will cure her.

她相信正統的癌症治療法可以使她痊癒。

❧ cream *n.* 奶油

How many calories are there in one slice of brownie with whipped cream on the top?

一塊上面有鮮奶油的布朗尼熱量大約有多少呢?

❧ **season** *n.*　**產季**

Strawberries are out of season during the summer.

夏天不是草莓的產季。

❧ **breed** *n.*　**品種**

What breeds of dog are especially good with children?

哪些品種的狗跟小孩相處的特別好呢？

❧ **rich** *adj.*　**濃郁的**

This salad recipe calls for olive oil, which makes a wonderfully rich sauce for it.

這道沙拉食譜裡需要橄欖油，它可以用來做出很棒的濃郁醬料。

❧ **recommend** *v.*　**推薦**

Describe a place that you would recommend your friends to visit.

請敘述一個你會想推薦給朋友的地方。

╭───────────────────────────╮
　🍪 補充法語單字 💿 *Track 06*
╰───────────────────────────╯

❧ **Mont-Blanc** 蒙布朗 　🇬🇧 Mont-Blanc

唸法▶ 夢 不ㄅㄨㄥˋ

解釋▶ 一種栗子口味的法式甜品，也是白朗峰的法文名稱。

❧ **marron** 褐色 　🇬🇧 brown

唸法▶ 媽鬨

解釋▶ 一種接近深咖啡色的顏色。雖然唸法相同，不要跟 marrant（有趣的）搞混喔！

❧ **crème** 奶油，乳液 　🇬🇧 cream

唸法▶ ㄎㄟˋ麼

解釋▶ 任何乳液狀的東西都可以叫 crème。

❧ **saison** 產季 　🇬🇧 season

唸法▶ ㄙㄟ 送

解釋▶ 除了產季，也有季節的意思。如：四季（Les quatre saisons）。

🕭 **odeur** **味道**　英 smell

 歐的喝

 此單字可用於形容香味或臭味。

🕭 **recommander** **推薦**　英 recommend

 喝公夢 ㄅㄟ

 點餐時想請服務生推薦，可以用這個單字問他喔！

🕭 **recette** **食譜**　英 recipe

 喝 ㄙㄟˋ 特

 專門用來記載食品的材料、用量與做法的文件或書籍。

🕭 **client** **顧客**　英 customer, client

 ㄎ哩用

 英文的 client 也指到商店購買東西的人，只是跟法文的唸法不同喔！

Le Saint-Honoré 聖多諾黑

 主題介紹

在巴黎 Saint-Honoré 的這條路上，有間名叫 Chiboust 的甜點店，店裡的師傅 Auguste Julien 發明此款甜點，後來這道甜點就與街道同名，命名為 Saint-Honoré。此甜點從開始至今有許多的變化，早期上面放的不是小泡芙，而是布里歐麵包（一種香甜軟麵包），但布里歐麵包在幾個小時內就因為鮮奶油的水分而變濕軟，影響口感，到了 19 世紀，才演變成用沾著一層焦糖的小泡芙作基底。

🍒 前輩經驗巧巧說

　　現在的聖多諾黑是以前的縮小版，據說這種甜品是專門為婚宴、舞會做的大型蛋糕，也有人形容它的外表像擺滿珍珠的皇冠。如果這個甜品在口味上不改良，用傳統的口味呈現，就已經很可口了，只是稍顯平淡；如果你想與眾不同一點，讓客人吃了會回味的話，建議把中間的鮮奶油加點檸檬，讓爽口的檸檬鮮奶油代替傳統的香堤奶油吧！泡芙的部分也要注意，盡量要挑選高度差不多的泡芙，這樣不但有美感，還能符合他的美名，呈現出珍珠皇冠的模樣啊！

memo ┈┈┈┈┈┈┈┈┈┈┈┈┈┈┈┈┈┈┈┈┈┈┈┈┈┈┈◀

 英文字彙　　*Track 07*

❧ **puff** *n.* 泡芙

There are many simple and inexpensive desserts you can make with puff.

用泡芙能做出許多簡單又便宜的甜點。

❧ **moisture** *n.* 水分

In winter, more moisture is lost from my skin because of the dry air.

冬天時，乾燥的空氣讓我的皮膚流失更多水分。

❧ **soften** *v.* 軟化

If the mixture is too hard, you will need to soften it by adding some water.

如果這麵糊太硬了，請加點水軟化它。

❧ **whipped cream** *n.* 鮮奶油

Please add some whipped cream on my Irish coffee.

請加一點鮮奶油在我的愛爾蘭咖啡上面。

❧ **taste** *n.* 味覺，口感

Color affects taste and smell, so it is important to choose the right color for your new restaurant.

顏色會影響味覺和嗅覺，所以餐廳的色調選擇是很重要的。

❧ **dip** *n.* 沾

She dipped her handkerchief in the water and tried to wipe stains from her brand-new dress.

她把手帕沾了點水，試著要把新洋裝上的髒污擦掉。

❧ **caramel** *n.* 焦糖

You need to pay full attention on your stove when you are making caramel sauce because it burns easily.

你必須全神貫注的製作焦糖醬，因為它很容易燒焦。

❧ **wedding** *n.* 婚宴

No one believes that she's been preparing her wedding for almost two years.

沒人相信她竟為了她的婚禮籌劃了快兩年。

補充法語單字 *Track 08*

☙ le Saint-Honoré 聖多諾黑　英 Le Saint-Honoré

唸法 了　桑都諾黑

解釋 一種由巴黎 Le Saint-Honoré 街道命名的甜點，由泡芙、焦糖和鮮奶油做成的。

☙ brioche 布里歐修　英 brioche

唸法 比歐許

解釋 法式香甜軟麵包，很多法國人早餐都會吃 brioche 配榛果醬喔！

☙ chou 泡芙　英 puff

唸法 咻

解釋 一種源自義大利的甜品。此單字也可以是情侶、好友間親暱的稱呼。

☙ citron 檸檬　英 lemon

唸法 西統

解釋 citron 為黃色的檸檬，比綠色的更有香氣，檸檬塔通常會用黃色檸檬做喔！

⚭ **eau** 水分　英 moisture

唸法▶ 歐

解釋▶ 通常要加冠詞一起唸喔！為 l'eau（漏）。

⚭ **perle** 珍珠　英 pearl

唸法▶ 貝喝了

解釋▶ 珍珠奶茶 thé aux perles（ㄅㄟ　歐　貝喝了）的「珍珠」一詞也是用這個單字喔！波霸珍奶也可以用 thé aux bulles（ㄅㄟ　歐　不了）這個字。

⚭ **tremper** 沾　英 dip

唸法▶ 痛北

解釋▶ 沾醬汁，或把東西浸泡到液體裡。

⚭ **mariage** 婚宴　英 wedding, marriage

唸法▶ 媽 ㄏㄧ 阿舉

解釋▶ mariage 一詞是從動詞 marier 演變過來的，英文的拼法則為 marriage。

Cannelés Bordelais 可麗露

 主題介紹

　　據說 18 世紀時，波爾多港口進口了許多麵粉及香草，當時這裡已經是著名的葡萄酒產區，酒莊會利用大量的蛋白來清除酒中大量的沉澱物，於是就有一大堆蛋黃不知該如何處置。最後酒莊決定把多餘的蛋黃送給修道院的修女們。修女們就利用了蛋黃、麵粉、香草及其他材料，做出了 Cannelés Bordelais 送給附近居民，這就是這道甜點的由來。

❧♫ 前輩經驗巧巧說

在當時，製作 Cannelés Bordelais 的模具裡要上一層薄薄的蜜蠟，幫助烤好後脫模；但以現在的食品衛生觀念來看，光想到自己有可能會吃下蜜蠟就覺得很恐怖，所以我會選擇用薄薄的奶油加上蜂蜜代替，奶油可以幫忙脫模，烤過的蜂蜜會幫助 Cannelés Bordelais 的表層油亮光滑，不僅賣相佳，吃起來還會有淡淡的蜂蜜香氣喔！

另外，雖然這道甜點滿符合我們台灣人的口味，但是要留心的是，製作 Cannelés Bordelais 時，一定要注意口感，即使冷卻後，外面也一定要酥脆，內裡要柔軟。讓我們一起用特殊口感加上焦糖香氣來迷惑群眾吧！

part
1
甜
點

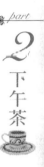

part
2
下
午
茶

 英文字彙　　🎧 *Track 09*

❧ **flour** *n.* **麵粉**

My mother pays great attention to our health, so she always makes home-made bread with whole-wheat flour.

我媽媽很注重我們的健康，所以她總是用全麥麵粉做麵包。

❧ **vanilla** *n.* **香草**

Vanilla plays an important role in the history of desserts.

香草是甜點史中一個重要的角色。

❧ **wine** *n.* **葡萄酒**

Bordeaux has perfect weather for cultivating grapes for wine.

波爾多的氣候非常適合葡萄生長。

❧ **sediment** *n.* **沉澱物**

It's not unusual to have the sediment at the bottom of any vinegar container.

醋桶底部有沉澱物是很正常的。

winery *n.* 酒莊

I've always wanted to have my own winery in the south of France.

我一直很想要在法國南部擁有一間屬於自己的酒莊。

egg yolk *n.* 蛋黃

How many egg yolks do we need for this chocolate cake recipe?

這個巧克力蛋糕食譜需要幾個蛋黃呢？

wax *n.* 蜜蠟

Have you seen a horror movie called *House of Wax*?

你有看過一部恐怖片叫《恐怖蠟像館》嗎？

sanitation *n.* 衛生

If we could improve the sanitation of water in Africa, fewer people would die every year.

如果我們能改善非洲水的衛生品質，每年的死亡人數就會少很多了。

補充法語單字　**Track 10**

beurre 奶油　英 butter

唸法▶ ㄅ喝

解釋▶ 又稱牛油，90%以上的甜品都會用到它喔！

---

miel 蜂蜜　英 honey

唸法▶ 米欸了

解釋▶ 蜜蜂採花蜜並在蜂巢釀製的蜜，家中臨時沒有糖也可
以用蜂蜜代替喔！

---

griller 烤　英 bake

唸法▶ ㄍ ㄏㄧ 欸

解釋▶ 此單字為動詞，為烤東西的意思。

---

goût 口感　英 taste

唸法▶ 故

解釋▶ 這邊的 goût 是口感的意思，也可以當作他不是我的
菜 Il n'est pas mon goût（伊了　呢　八　夢
故）的意思喔！

❀ **croustillant 酥脆** 英 crispy

唸法▸ 枯斯踢庸

解釋▸ 這單字很好記喔！唸唸看，很酥脆的發音吧？

❀ **doux 柔軟的** 英 soft

唸法▸ 度

解釋▸ 任何柔軟的東西，或是溫柔的聲音都可以用 doux 來形容。

❀ **moule 模具** 英 mould

唸法▸ 目了

解釋▸ 做甜點的模型都可以稱為 moule，此單字也有淡菜的意思。

❀ **arôme 香氣** 英 aroma

唸法▸ 阿哄麼

解釋▸ 此字較為正面，指香氣。

Madeleine 瑪德蓮

主題介紹

　　瑪德蓮 Madeleine 是非常經典的法式甜點，其由來十分有趣，據說當時有一位法國公爵在家中舉辦舞會，主廚跟甜點師傅發生爭執，一氣之下甜點師傅憤而離去。公爵怕沒甜點招待客人，請一位女僕提供自己的拿手甜點，簡單地用麵粉、雞蛋、糖烘烤出這道瑪德蓮。沒想到大受好評，客人都十分滿意，於是公爵便以這位女僕的名字 Madeleine 為這道甜點命名。

❧ 前輩經驗巧巧說

　　這道我做過不下十次，重點在於第一：模具一定要塗層薄奶油，脫模脫得好，瑪德蓮才不會缺缺角角的；第二：麵糊調好後，記得放在冰箱　個晚上，麵糊有醒過，成品才會鬆鬆軟軟的；第三：冰過的麵糊絕對不要直接擠在烤模上喔！一定要記得退冰，冰的麵糊很容易把空氣擠進去，除非你喜歡粗曠的瑪德蓮。另外，原味瑪德蓮雖然好吃，但因為奶香味很濃郁，通常吃一個就不會想再吃了，如果要讓你的客人一口接一口食指大動地吃，可以加點檸檬或柳橙皮，檸檬香氣能使人味蕾大開喔！

memo --->

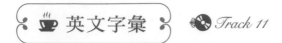 英文字彙　　　*Track 11*

❧ **chef** *n.* 主廚

Here you are, the chef made this special dish for you tonight.

這是主廚今晚為您特別準備的料理。

❧ **entertain** *v.* 招待

Michelle left her room to entertain her parents' house guests.

米雪兒離開房間去招待她父母的朋友。

❧ **customer** *n.* 顧客

Our customers keep coming back for our good service and for a reasonable price on our products.

合理的價格與好的服務讓我們的顧客離不開我們。

❧ **homely** *adv.* 家常，家鄉味

This bistro is one of my favorite places because they serve good quality and homely food.

這間小酒館是我喜愛的餐廳之一，因為他們的餐點既有品質又有家鄉味。

❧ **sugar** *n.* 糖

If you often consume foods high in sugar, you will have some serious health problems.

如果你喜歡吃高糖的食物，你的健康將會亮起紅燈。

❧ **batter** *n.* 麵糊

Mix the batter and let it stand for twenty minutes before you bake the cake.

調好製作蛋糕的麵糊後，放置二十分鐘在烤。

❧ **butter** *n.* 奶油

Melt butter in the microwave oven and then add it to the flour.

用微波爐將奶油融化後，再加入麵粉裡。

❧ **spread** *v.* 塗

The heated knife helps me to spread the butter evenly on my toast.

加熱過的刀子幫助我把奶油均勻的塗在吐司上。

補充法語單字　　Track 12

madeleine 瑪德蓮　英 madeleine

唸法▶ 嗎得練呢

解釋▶ 一種貝殼狀的磅蛋糕，有時會加檸檬皮增添酸甜滋味。

---

frigo 冰箱　英 refrigerator

唸法▶ ㄈㄧ 狗

解釋▶ frigo 原本是一個冰箱的品牌，後來大家說習慣後，演變成一個正式的單字。

---

réveiller 醒（麵團）　英 ferment

唸法▶ 黑非耶

解釋▶ 醒麵糰的「醒」這個動詞，跟起床醒來的醒是同一個字喔！

---

mollet 鬆軟　英 tender

唸法▶ 摸蕾

解釋▶ 這邊指的是蛋糕吃起來的口感很鬆軟。

⁇ **décongeler** 退冰　英 defrost

唸法▶ ㄉㄟ ㄍㄨㄥ 類

解釋▶ 只要去掉 dé 就是結冰的意思了，如：congeler。

⁇ **riche** 濃郁　英 rich

唸法▶ ㄏㄧ 許

解釋▶ 除了濃郁的意思，形容人很有錢也可以用這個字喔！

⁇ **peau** 果皮（檸檬皮）　英 skin (of lemon)

唸法▶ ㄅㄡˋ

解釋▶ 主要指我們的皮膚，也可以當果皮的意思喔！

⁇ **les papilles gustatives** 味蕾　英 taste buds

唸法▶ 壘　八臂　古斯搭弟府

解釋▶ 分布在舌頭表面上的微小突起物，是味覺的傳輸器。

Gâteau Opéra 歐貝拉蛋糕

 主題介紹

　　歐貝拉蛋糕（歌劇院蛋糕）的由來有很多種説法。

　　第一種版本：由 Dalloyau 甜點店發想出來，由於形狀方正，表面淋上一層巧克力甘納許，猶如歌劇院的舞台，而蛋糕表面會放上一片金箔，仿造巴黎歌劇院的金色屋頂，故此得名。

　　第二種版本：由 60 年代的一位名廚 Gaston Lenore 首創，這精緻的千層蛋糕專在歌劇中場休息時，提供給歌劇院的貴族們享用，所以稱之為歌劇院蛋糕。

🍒 前輩經驗巧巧說

　　傳統的 Opéra Cake 是由六層刷上咖啡酒液的杏仁海綿蛋糕、鮮奶油及巧克力等層層相疊而成，當然也可以自行調整層數，為確保成品不會歪歪的，記得每上完一層就要放冰箱冷卻 10 分鐘喔！口感方面，則要綿密鬆軟，讓巧克力及咖啡的味道停在舌尖久久不能化開。這道甜品的材料準備並不難，成本也不高，但製作時間冗長，所以如果您自行創業，可能需要把人事成本算入，此份甜品的單價可能也會因此提高，價格也影響著銷售量，這都是需要考慮進去的喔！

memo

 英文字彙　🎧 *Track 13*

❧ **chocolate** *n.* 巧克力

Henry can eat any kinds of chocolate except for white chocolate. He is allergic to it.

除了白巧克力，亨利可以吃各種巧克力。他對白巧克力過敏。

❧ **gold** *n.* 金箔

This $600 hot pot is made with 18-carat gold and the most expensive seafood in the world.

這個價值 600 元美金的火鍋是用 18 毫克的黃金和世界上最貴的海鮮做的。

❧ **delicate** *adj.* 精緻，脆弱

I use special shampoo and conditioner for my fine and delicate hair.

我用特殊的洗髮精洗頭，因為我的頭髮很細又容易斷。

❧ **layer** *n.* 層

My stepmother is a neat freak; she can't stand even a thin layer of dust on furniture.

我的繼母有潔癖，就算家具上只有薄薄一層灰塵，她都無法忍受。

❧ **sponge cake** *n.* 海綿蛋糕

There are some tips for making a great sponge cake.
要製作出好吃的海綿蛋糕是有訣竅的。

❧ **opera** *n.* 歌劇院

My boyfriend invited me to go to the opera on our first date, but I fell asleep during the show.
我男友第一次約會就約我去歌劇院，但是我在表演途中睡著了。

❧ **coffee** *n.* 咖啡

She used to drink a cup of coffee every morning.
她過去每天早晨都喝一杯咖啡。

❧ **cost** *n.* 成本

Each issue of the magazine "The Big Issue" costs $50 NTD.
每本大誌雜誌成本為 50 元台幣。

補充法語單字　　🐚 *Track 14*

❀ **opéra** 歌劇院　⑲ opera

唸法▶ 歐貝哈

釋義▶ 法文跟英文拼法看似一模一樣，但別遺忘法文的 e 上有小小的一撇喔！

❀ **chocolat** 巧克力　⑲ chocolate

唸法▶ 秀勾拉

釋義▶ 注意法文的巧克力結尾 t 是不發音的喔！

❀ **amande** 杏仁　⑲ almond

唸法▶ 阿孟的

釋義▶ 為杏的種子，杏仁是堅果類中熱量最低的。

❀ **or** 黃金、金箔　⑲ gold

唸法▶ 噢喝

釋義▶ 一種化學元素。因為稀有，所以價格很高。

❧ **délicat** 精巧的　英 delicate

唸法▶ ㄅㄟ 立嘎

釋義▶ 形容東西很精巧細緻，法國文學作品：La Délicatesse《一吻巴黎》就是使用這個字。

❧ **café** 咖啡　英 coffee

唸法▶ 嘎啡

釋義▶ 去法國時若想喝咖啡，邊用手指比 1 再配上這個單字就 OK 囉！café 也指咖啡館。

❧ **gâteau éponge** 海綿蛋糕　英 sponge cake

唸法▶ 嘎兜　欸蹦舉

釋義▶ 一種用雞蛋、糖、麵粉製作的簡易蛋糕，有著簡單的好滋味。

❧ **éponge** 海綿　英 sponge

唸法▶ 欸蹦舉

釋義▶ 是一種多孔材料。卡通海綿寶寶（Bob L'éponge）也是用這個單字喔！

Soufflé 舒芙蕾

 主題介紹

　　舒芙蕾（又意譯：蛋奶酥），法文 soufflé 是動詞 souffler 的過去分詞，當形容詞為膨脹、蓬鬆的意思。目前甜點史上對它誕生的時間沒有確切的記載，其由來眾說紛紜，最普遍的說法為：當時上流社會的風氣奢侈糜爛，常常三個人的聚餐，就需要十道以上的菜餚。吃到一半大家都已經吃飽了，但還是要裝模作樣的動一下餐具。於是廚師們用心設計出這道甜品，利用打發的蛋白製作，蓬鬆的內部多為空氣，稍縱即逝卻又能滿足味蕾的好滋味，最適合當時吃得很撐的賓客享用了！

♣ 前輩經驗巧巧說

這道雖為甜品，也可加入起司火腿變為鹹味版本。在台灣很少見，主要有兩大原因。

第一：舒芙蕾接觸到常溫五分鐘後開始塌陷，需現點現做，不能存放。

第二：成功率低，每個步驟都需謹慎細心，其中一環出錯，舒芙蕾就發不起來。

嘗試多次後，發現一些小撇步，蛋奶醬煮完一定要放涼，太熱的話會使打發蛋白消泡，空氣不足的舒芙蕾就會變成一般的雞蛋糕了。此外，蛋白要打發到什麼程度呢？一定要「硬挺」，且裡面不能碰到一滴水。再來，烤模杯一定要均勻塗上一層奶油和糖，這樣舒芙蕾要往上膨脹時，才不會因為黏在杯子上而膨脹不了。最後，因為此甜品製作過程複雜，需要非常仔細，只要失敗，就會非常明顯的；筆者建議除非為舒芙蕾專賣店，要不然一般餐廳不建議販售。

 英文字彙　　　 *Track 15*

❧ **rise** *v.* 膨脹

It is hard for soufflé to rise even if only one process is wrong.

即使只有一個步驟出錯，舒芙蕾也很難膨脹起來。

❧ **(have) dinner together** 聚餐

My family and I have dinner together every three months.

我和我的家人每三個月聚餐一次。

❧ **savory** *n.* 菜餚

My favorite savory is a Taiwanese local food: Stinky Tofu.

我最喜愛台灣當地的菜餚：臭豆腐。

❧ **full** *adj.* 飽足的

I am full after eating three whole pizzas and a glass of diet coke.

我一吃完三個比薩和喝完一杯健怡可樂後，覺得很飽。

❧ **tableware** *n.*　餐具

My grandfather collected one set of golden tableware.

我的祖父蒐集了一組黃金餐具。

❧ **beat** *v.*　打發

You need to add the beaten egg white in the angel cake mixture as the recipe told you.

你必須照著食譜，把打發的蛋白加入天使蛋糕麵糊裡面。

❧ **salty** *adj.*　鹹的

I can't wait to visit Maldives again! I miss the salty smell of the ocean.

我等不及要再去馬爾地夫了！我開始想念海洋的鹹味。

❧ **process** *n.*　程序，步驟

They decided to shorten the building process to only five months.

他們決定縮短蓋房子的時間為五個月。

補充法語單字　　🔴 *Track 16*

❧ soufflé 舒芙蕾　Ⓔ soufflé

唸法▶ 蘇輔蕾

解釋▶ 一種主要用蛋、奶製作的法式甜品，經烘烤後質地輕柔蓬鬆，是動詞 souffler 的過去分詞。

❧ légère 輕柔　Ⓔ light

唸法▶ 勒嘅喝

解釋▶ 輕的意思，為形容詞，G 跟欸要一起唸，可以跟著 CD 試著唸唸看喔！

❧ jaunes d'œufs 蛋黃　Ⓔ egg yolk

唸法▶ 炯　的輔

解釋▶ jaune 為黃色的意思，d 與後面的蛋 œufs 要連音喔！

❧ monter en neige 打發　Ⓔ beat

唸法▶ 夢爹　甕　內舉

解釋▶ monter 為動詞往上，neige 為雪之意，意思就是要把蛋白打發的像雪一樣。

❦ **ramequin 烤模杯** 英 ramekin

唸法▶ 哈麼港

解釋▶ 指陶瓷或玻璃製的蛋糕模杯。

❦ **beurré 塗了奶油的** 英 buttered

唸法▶ ㄅ ㄜ ˋ 嘿

解釋▶ beurre 為奶油的名詞，過去分詞可當形容詞，形容
塗了奶油的（東西）。

❦ **gonfler 膨脹** 英 rise

唸法▶ 工輔雷

解釋▶ 為動詞，指東西膨脹，腳受傷腫起來也可用這個單字
喔！

❦ **salé 鹹的** 英 salty

唸法▶ 撒壘

解釋▶ 為形容詞，這邊指鹹的（料理），不要跟法文的鹽
sel 搞錯喔！

UNIT **9**

Mille-Feuille 千層派

 主題介紹

Mille-Feuille 千層派（拿破崙蛋糕）。法文 mille 是一千，feuille 則為葉子的意思，形容酥皮有如千片葉子一樣多層。為什麼又叫拿破崙蛋糕呢？坊間傳說著兩種版本，第一個版本：當時法國人用了義大利城市那不勒斯（Napolitain）一詞來指義大利的一種酥皮，但是後來以訛傳訛變成了法國皇帝拿破崙的名字（Napoleon），但其實和他沒有關係，拿破崙是無辜的啊！第二個版本：拿破崙時代，有一個御廚 Marie，為了討好皇帝，發明出 Mille-Feuille，很受拿破崙的喜愛，據說他最愛吃草莓口味的千層派，於是此甜品也稱拿破崙蛋糕。

part 1 甜點

part 2 下午茶

🍒 前輩經驗巧巧說

傳統的 Mille-Feuille 是由三層酥皮，兩層奶油或果醬交疊而成，最上層則利用白巧克力和黑巧克力做出類似大理石的花紋裝飾。現代已延伸出把奶油換成新鮮水果。

要有香脆多層次的酥皮，必須把酥皮擀平並對折，經過層層的折疊桿壓，層次也會越來越多，此動作至少需重複六次。這樣才會有「千層」的感覺喔！切記酥皮不要烤太乾，這樣酥皮吃起來會太脆，又少了許多奶油香氣，烤得恰到好處的酥皮外酥內軟，吃起來很細緻。

此甜品的變化無窮，因酥皮本身較為油膩，除新鮮水果外，也可利用偏酸的餡料，如：蔓越莓、覆盆莓醬製作出甜而不膩的甜點。

 英文字彙　　🎵 *Track 17*

pie *n.* 派

Who can resist this beautiful and delicious pecan pie?

誰可以抗拒這個漂亮又美味的胡桃派？

---

puff pastry *n.* 酥皮

I had a big bowl of corn chowder soup with puff pastry on the top for lunch.

我喝了一大碗鋪著酥皮的玉米濃湯當午餐。

---

strawberry *n.* 草莓

My daughter has an allergy to all kinds of berries, especially strawberries.

我的女兒對所有的莓類都過敏，特別是草莓。

---

jam *n.* 果醬

For breakfast in France, people normally have a French bagaette and at least three flavors of jam.

正常來說，法國人的早餐都有法國麵包配上至少三種口味的果醬。

part

1

甜
點

❧ **cranberry** *n.* 蔓越莓

Some people believe cranberry can prevent bacterial infection.

有些人相信蔓越莓可以預防細菌感染。

part

2

下
午
茶

❧ **pattern** *n.* 花紋

He wears a hilarious shirt patterned with his girlfriend's faces.

他穿著一件印有他女朋友的臉的有趣衣服。

❧ **decoration** *n.* 裝飾，裝潢

A good decoration can make your home cozier.

好的裝潢可以讓一個家更舒適。

❧ **fresh** *adj.* 新鮮

How to distinguish between a fresh watermelon and a rotten watermelon?

要如何分辨新鮮與不新鮮的西瓜？

補充法語單字　　Track 18

mille-feuille 千層派　英 Napoleon cake

唸法▶ 瞇了 ㄈㄜ以

解釋▶ 一種法式千層酥皮蛋糕，市面上多為三層酥皮和兩層奶油餡的組合。

---

fraise 草莓　英 strawberry

唸法▶ 費司

解釋▶ 一種水果，盡量把 r 的喉音念出來喔！

---

confiture 果醬　英 jam

唸法▶ ㄒ ㄈㄧ ㄅㄩ 喝

解釋▶ 只要是用糖保存的食物都叫做 confiture。

---

noir 黑色　英 black

唸法▶ ㄋㄨㄚ、 喝

解釋▶ noir 為黑色，黑咖啡（café noir）也是用這個單字。

part
1
甜
點

✤ **dessin** 花紋　英 pattern

　唸法▸ 爹桑

　解釋▸ 卡通 le dessin animé（了　爹桑　阿尼妹）一詞就
　　　是用這個單字。

part
2
下
午
茶

✤ **décoration** 裝飾　英 decoration

　唸法▸ 爹摳哈送

　解釋▸ 法文跟英文拼法一樣，唸法卻差很多喔！

✤ **frais** 新鮮　英 fresh

　唸法▸ 費

　解釋▸ 也可做涼快的意思，un vent frais 一陣涼爽的風
　　　（瓻　風　費）。

✤ **fruit** 水果　英 fruit

　唸法▸ 府一

　解釋▸ 法文跟英文拼法一樣，法文的 t 不發音，英文一定要
　　　輕輕的發出來喔！

Galette des Rois 國王派

 主題介紹

　　這道甜品要從聖經故事說起了，耶穌誕生的那晚，有三個國王帶著禮物，跟著星星的指引，到了伯利恆，並在耶穌誕生的馬槽裡敬拜他，這天在基督史上有特別的意義，之後人們為了紀念這天，把每年的 1 月 6 日定為「主顯節」，這天大家都要一起吃國王派，而派中會藏著一個叫做 fève 的小瓷偶，fève 原意為蠶豆，因為以前國王派裡是包蠶豆。吃到的人不但是那天的國王，要戴上一頂紙做的皇冠，還會幸運一整年。

♫ 前輩經驗巧巧說

國王派長得不像其他甜點那麼嬌媚,所以我在法國時完全沒注意它,就算看到了也默默走過。

那國王派到底是什麼做的呢?外表是一層酥軟的千層酥皮,裡面包著香甜可口的杏仁奶酥(當然還包著幸運小瓷偶),雖然不會很甜,但還是需搭配茶飲來食用。

這道甜品派皮的部分,如果技術純熟,好吃程度都差不多,成敗關鍵就落在內餡啦!東方人不喜歡太甜,較喜歡吃出食物本身的味道,杏仁奶酥顧名思義就是要有杏仁香又要有濃濃奶香,只要找出完美比例,接受度應該會很高,有機會打入市場。

此外,因為可以存放,不妨在新年的時候推出國王餅禮盒,給大家一點不一樣的伴手禮吧!

 英文字彙　　🔴 *Track 19*

∾ **fava bean** *n.*　蠶豆

My best friend has favism, so whenever she comes to my house, I need to make sure there aren't any fava bean products in my house.

我的好朋友有蠶豆症，所以每次她來我家找我時，我都要把家裡所有的蠶豆產品處理掉。

∾ **milky filling** *n.*　奶酥餡

I got a stomachache whole morning; I guess it's because that I ate too much milky filling bread yesterday.

我肚子痛了一整個早上，我猜是因為我昨天吃太多奶酥麵包了。

∾ **strong** *adj.*　濃郁的

Many people dare not eat oysters since they have a strong fishy flavor.

很多人不敢吃生蠔，因為它有一個很濃的魚腥味。

∾ **save** *v.*　存放

A loaf of bread can last a month if I save it in the freezer.

把麵包存放在冷凍庫可長達一個月。

❧ **gift box** *n.* 禮盒

Please wrap this backpack in a high quality gift box. Thank you.

請幫我把這個背包用高級禮盒包裝，謝謝。

❧ **market** *n.* 市場

This year is the right time to get into the Stock Market.

今年是投資房地產的最佳時機。

❧ **ratio** *n.* 比例

The golden ratio for bread is 5:3, flour to water.

做吐司的黃金比例是麵粉比水，5 比 3。

❧ **crown** *n.* 皇冠

He made a crown of flowers for his daughter as a birthday gift.

他做了花環當作生日禮物送給他女兒。

補充法語單字　　Track 20

galette des rois 國王派 英 King cake

唸法 嘎咧 ㄅㄟˇ 化

解釋 一種包著杏仁奶酥餡料的酥皮派。

---

fève 小瓷偶、蠶豆 英 fava bean

唸法 費輔

解釋 fève 原意是蠶豆，因為國王派之後不放蠶豆改放小瓷偶，後來也可以指小瓷偶的意思喔！

---

nouvel an 新年 英 New Year

唸法 努飛龍

解釋 法文為了發音好聽，很多單字都要連音，這個也不例外喔！農曆新年 Chinese New Year 則叫做 nouvel an chinois（努飛龍　噓ㄋㄨㄚˇ）。

---

crème pâtissière 奶酥 英 butter cream

唸法 ㄎㄟˋ麼　八低西欸喝

解釋 其實法文沒有分得那麼細，crème pâtissière 泛指甜點裡所有的奶製餡料。

✤ **Épiphanie 主顯節** 英 Epiphany

唸法▶ 欸批發逆

解釋▶ 法國節慶，為了紀念耶穌誕辰時，東方三王去敬拜祂的節日。

✤ **ratio 比例** 英 ratio

唸法▶ 哈秀

解釋▶ 這裡是指食譜的比例。

✤ **cadeau 伴手禮** 英 gift

唸法▶ 嘎豆

解釋▶ 也可以指一般送的禮物的意思喔！

✤ **couronne 皇冠** 英 crown

唸法▶ 估轟恩

解釋▶ 可當皇冠及其他冠狀物的東西，如：花圈 couronne des fleurs（估轟呢　ㄅㄟˇ　ㄈ了喝）。

Mousse 慕斯

 主題介紹

　　Mousse 慕斯，慕斯是由法文音譯而來。1960年代，源自法國首都巴黎，慕斯的材料沒有麵粉，所以不算是蛋糕或麵包類的；一開始廚師們只是為了讓奶油更有結構性，使它能鞏固整個蛋糕體，而把奶油加入少許吉利丁，讓它介於奶油和布丁之間的半固體型態。有一天，廚師們嚐到冰過的慕斯後，驚為天人，漸漸地，它也變成了一道甜品，並延伸出其他口味，其中以巧克力慕斯最受大家喜愛。

❧ 前輩經驗巧巧說

　　我個人比較偏愛沒有加吉利丁的慕斯，喜歡蛋白打發配上鮮奶油那綿密、不厚重的感覺，這才是頂級慕斯會出現的口感！相對的，加了吉利丁會比較好脫模，也比較好切塊，外觀雖然漂亮，但是少了一種手感的溫度。不加吉利丁會比較難脫模，記得用熱毛巾包著模具外面，大約 1 分鐘，就會很好脫模囉！

　　另外，牛奶跟鮮奶油絕對不要因為怕胖而選低脂的，味道會差很多，慕斯就是要奶香味濃郁才好吃。如果想在餐廳販售，建議可做原味或香草，如果想要巧克力口味，只要另外淋上去，這樣不但簡單，口味又多變化。

memo

 英文字彙　　*Track 21*

gelatin *n.* 吉利丁

Gelatin is a protein extracted from animal bones.
吉利丁是從動物骨頭萃取出的蛋白質。

pudding *n.* 布丁

Would you like to try some of my home-made rice pudding?
你想要吃吃看我自己做的米布丁嗎？

solid *n.* 固體

I put a bottle of beer in the freezer to see if it will be solid tomorrow.
我放一瓶啤酒在冷凍庫看它明天會不會變成固體。

dense *adj.* 綿密的

Let's stop here. The fog is too dense. It will be very dangerous if we keep going.
停一下，霧太濃了，我們如果再上去會很危險。

❧ **top** *adj.* 頂級的

Robert T. Kiyosaki's book is one of the top ten best-selling books in 2015.

羅勃特・T・清崎的書是 2015 年銷售排行榜上前十名的書。

❧ **temperature** *n.* 溫度

Step 3, please keep 300g of butter at room temperature for 1 hour before using it.

步驟三,請把 300 克的奶油放在室溫一個小時後再使用。

❧ **fat-free** *adj.* 低脂的

I heard that fat-free milk makes you fatter, can you believe it?

聽說脫脂牛奶會讓你更胖,你相信嗎?

❧ **pour** *v.* 淋

Pour the special sauce over the steak before serving.

上桌前,把特製醬汁淋在牛排上。

補充法語單字　　*Track 22*

❧ **mousse 慕斯** ㊧ mousse

> 唸法▶ 慕斯
>
> 解釋▶ 一種主要用雞蛋和鮮奶油做成的奶製甜品。

❧ **blancs d'œufs 蛋白** ㊧ egg white

> 唸法▶ ㄅ龍　的輔
>
> 解釋▶ blanc 為白色的意思，d 與後面的蛋 œuf 要連音喔！

❧ **farine 麵粉** ㊧ flour

> 唸法▶ 發ㄏㄧㄣˋ
>
> 解釋▶ 麥類磨成粉的食品。

❧ **gélatine 明膠** ㊧ gelatin

> 唸法▶ 結拉丁
>
> 解釋▶ 一種從動物骨頭萃取出來的蛋白質，常用來當食物的凝固劑。

part

1 甜點

◈ **pudding 布丁** 🇬🇧 pudding

> 唸法▸ 布丁
>
> 解釋▸ 一種由漿狀凝固成固體狀的食品。

◈ **solide 固體** 🇬🇧 solid

> 唸法▸ 搜利的
>
> 解釋▸ 請注意，法文跟英文只差一個字母 e 喔！

part

2 下午茶

◈ **dense 綿密的，密集的** 🇬🇧 dense

> 唸法▸ 凍斯
>
> 解釋▸ 通常形容霧氣很濃的時候。

◈ **température 溫度** 🇬🇧 temperature

> 唸法▸ 東杯哈　ㄉㄩ喝
>
> 解釋▸ 可以指氣溫或體溫，注意法文跟英文只有一個字母的
> 差異喔！

UNIT 12

Crème Brûlée 焦糖布蕾

 主題介紹

Crème Brûlée，焦糖布蕾。於 1691 年出現在法國一名宮廷御廚 François Massialot 的著作中。他把這種甜點稱為 Crème Brûlée。brûlée 是動詞燒 brûler 的過去分詞，意思是被燒過的。Crème brûlée 直譯過來是「燒焦的奶油」，而「布蕾」是 brûlée 音譯過來的。那為什麼會說它是燒焦的奶油呢？原因在於底層的「奶油」烤好冷卻後，上桌前要撒一層糖在表面，然後用噴槍讓糖粒變成焦糖狀，趁熱上桌，就會嚐到冷熱交替的口感。

🍒 前輩經驗巧巧說

　　布蕾主要材料為蛋和鮮奶油，使用烤箱低溫烘烤，鮮奶油因為脂質更豐富，布蕾吃起來會比使用鮮奶的布丁吃起來更為濃郁紮實。布蕾口味方面以香草為傳統，後來也出現巧克力、檸檬等口味。這道甜品很好準備，也可以一次做很大量放在冰箱保存，有客人上門時，只要糖一撒，噴槍燒一下（勿超過 30 秒），即可上桌。且失敗率低，是一道很好掌握的甜品。

memo ⋯⋯⋯⋯⋯⋯⋯⋯⋯⋯⋯⋯⋯⋯⋯⋯⋯◄

 英文字彙　🎵 *Track 23*

- **low-heat** *adj.*　低溫的

  Fry a piece of toast at a very low-heat until both sides are evenly golden brown.
  用非常小的火，把土司的兩面煎到平均地呈現金黃色。

- **milk** *n.*　鮮奶

  After the poison milk powder scandal in China, we have also a milk crisis coming up in Taiwan.
  中國的毒奶粉事件之後，台灣也有了鮮奶危機。

- **fat** *n.*　脂質

  According to new research, eating more fat actually can help you lose fat.
  根據最新的研究指出，攝取越多脂肪有助於消脂。

- **burnt** *adj.*　燒焦的

  Everything was perfect last night except our Thanksgiving turkey tasted burnt.
  昨晚一切都很完美，除了我們的感恩節烤雞吃起來有焦味。

❧ **cooling** *v.* 冷卻

If your blueberry jam didn't gel after cooling, you can all start over again.

如果你的藍莓果醬冷卻後還沒有成膠狀，你可以從頭來過一遍。

❧ **sprinkle** *v.* 撒

The cook sprinkles some Cocoa powder on the top of tiramisu.

那位廚師在提拉米蘇上面灑了一點可可粉。

❧ **lemon** *n.* 檸檬

Drinking some cold lemon juice is very refreshing in this extremely hot country.

在這酷熱的國家喝上一杯冰涼的檸檬汁真是讓人恢復活力。

❧ **spray gun** *n.* 噴槍

As a professional pastry chef, I need an electric food spray gun.

身為一個專業的甜點師傅，我需要一支電動食物噴槍。

補充法語單字 *Track 24*

crème brûlée 焦糖布蕾　英 burnt cream

唸法▶ 克麼　布蕾

解釋▶ 一種雞蛋,鮮奶油製成的甜品。

à feu doux 低溫　英 low-heat

唸法▶ 啊　ㄈㄜ　嘟

解釋▶ à 是介系詞,feu 是火的意思,doux 是溫和,這邊
指低溫的意思。

---

gras 脂質　英 fat

唸法▶ 葛哈

解釋▶ gras 是一個常見的字,例如:fois gras 鵝肝醬(ㄈ
ㄨㄚ　葛哈),直譯為鵝的脂肪。

---

brûlée 燒焦的　英 burnt

唸法▶ 布蕾

解釋▶ 指任何燒焦的東西,原先動詞為 brûler。

part 1 甜點

❦ **saupoudrer 撒** 英 sprinkle

唸法▸ 搜不的黑

解釋▸ 此單字意思為撒 A 在 B 上面；semer 也是撒的意思，則為播種的意思。

❦ **sucre 糖** 英 sugar

唸法▸ 蘇可

解釋▸ 由甘蔗提煉而成，法文的鹽則為 sel。由日本插畫家戶崎尚美繪出的知名坑偶法國砂糖兔，就叫做 Le Sucre（了 蘇可）。

part 2 下午茶

❦ **chalumeau de cuisine 噴槍** 英 spray gun

唸法▸ 蝦旅某 的 ㄅㄩㄛ引

解釋▸ 廚房用的小噴槍，用來快速燒烤食物。

❦ **refroidir 冷卻** 英 cooling

唸法▸ 喝 ㄈㄨㄚ 地喝

解釋▸ 為動詞，通常指冷卻菜餚。

Éclair 閃電泡芙

 主題介紹

　　19 世紀由御廚 Marie-Antoine Carême 發明，因為曾是貴族們的點心，一開始是稱它為公爵夫人麵包（pain à la duchesse）；而閃電泡芙名稱的由來是據說法國人太喜歡吃了，吃得時候都如閃電般猛速地吃完，於是就稱之為閃電泡芙。另一說是因為它的外表光滑絢麗如同閃電一般。一般我們常見的圓形泡芙是日式泡芙，法式泡芙 Éclair 的外表則是長條橢圓形的；傳統的閃電泡芙裡包著卡士達餡料，上層也會塗上一層跟內餡一樣口味的醬，除了口感裡外相呼應以外，還能讓消費者一眼就看出裡面包的是什麼口味。

❧ 前輩經驗巧巧說

　　其實閃電泡芙也是泡芙家族的一員，因為它們用著同一種酥皮，只是傳統圓形泡芙外層較酥脆，閃電泡芙則較有層次感，嘗一口便知道他們的差別。酥皮烤至中間呈空心後，就有空間擠入餡料，日式泡芙包著原味卡士達醬，而法式閃電泡芙通常包著巧克力、香草、萊姆酒和杏仁糖（praline）等口味，現在還研發出鴨胸和鮭魚等鹹的口味。製作過程中，酥皮的水可用牛奶代替，麵糰會多了奶香味；另外，要記得加入奶油一起煮，這樣做出來的麵糰比較不會乾裂且有彈性喔！

memo ────────────────────────────▶

☕ 英文字彙　　🍩 *Track 25*

● **profiterole** *n.*　泡芙，酥皮小圓餅（和 **puff** 類似但內餡不同）

Besides having pastry cream in my profiterole, I like to add ice cream.

除了卡士達口味的餡料外，我也喜歡冰淇淋口味的泡芙。

● **oblong** *adj.*　橢圓形

After our grandfather died, we found an oblong treasure chest under the floor of his room.

祖父去世後，我們在他房間的地板下找到了一個橢圓形的藏寶箱。

● **shape** *n.*　形狀

He is not satisfied with the shape of his chin, so he is going to have a V-line surgery next week.

他下週要去做下巴整形手術，因為他不滿意他下巴的形狀。

● **crunchy** *adj.*　脆的

These baked sweet potato chips are so crunchy that I can't help but keep eating them!

這些烤地瓜薯片實在太酥脆了，我忍不住不停地吃。

ᵔ **hollow** *adj.* 空心的

This lettuce is hollow inside, I can tell by the weight.
我從重量就可以辨別這顆生菜是空心的。

ᵔ **fondant** *n.* 翻糖（一種用於蛋糕外的糖皮）

Thank you all for this beautiful fondant icing birthday cake. I love it!
謝謝你們給我這麼漂亮的糖衣生日蛋糕。我超愛的！

ᵔ **rum** *n.* 萊姆酒

Mojito is a rum-based cocktail with fresh mint, lime, sugar and soda water.
莫吉托是一種以萊姆酒為基底的酒，再加上新鮮的薄荷葉、檸檬汁、糖及蘇打水調成的。

ᵔ **caramel** *n.* 焦糖

The heat is the key point when you are making caramel because it's easy to burn it.
製作焦糖時溫度是關鍵，因為它很容易燒焦。

補充法語單字 Track 26

siècle 世紀 英 century

唸法 C 葉可了

解釋 一段連續不斷的一百年稱為一世紀。

éclair 閃電泡芙 英 éclair

唸法 欸可類喝

解釋 一種長形泡芙，內餡通常為巧克力或咖啡口味的卡士達醬。

---

pain 麵包 英 bread

唸法 棒

解釋 主要由麵粉、水和油加熱烘烤製成的，為現代人主食之一。

---

duchesse 公爵夫人 英 duchesse

唸法 嘟雪絲

解釋 指公爵的夫人、女公爵或公爵的寡婦。

❧ **rhum 萊姆酒** 英 rum

唸法▶ 闞麼

解釋▶ 一種由蔗糖釀造的蒸餾酒。

❧ **fondant 糖衣** 英 fondant

唸法▶ 風動

解釋▶ 一種由糖粉、水製成的糖皮,通常用來裝飾蛋糕。

❧ **pâte 生麵糰** 英 dough

唸法▶ 爸特

解釋▶ 生麵糰是一種由麵粉與水發酵後的調合物,多用來做
麵食類,如麵包等。

❧ **creux 空心的** 英 hollow

唸法▶ ㄎㄨ·

解釋▶ 形容詞,形容東西空虛,或指空洞無意義的東西。

Far Breton
布列塔尼法荷蛋糕

主題介紹

　　Far Breton 來自布列塔尼，與 Clafoutis 類似，兩者皆是外表樸實，滋味不凡的傳統甜點。由於布列塔尼的奶製品豐富，很多當地甜點都由大量的牛奶作為原料，拉丁文中 Far 是燕麥粥的意思，據說是法荷蛋糕的雛形，傳統的 Far 材料都是非常容易取得的，如：蛋、牛奶、麵粉、糖；後來才衍生出加入葡萄乾或黑棗乾，有些食譜也會加入萊姆酒增添風味。

🍒 前輩經驗巧巧說

　　這個甜點很特別，它可以熱熱吃也可以冷藏後食用，吃起來口感類似布丁，但更香更扎實。Far 沒有固定的形狀，因為是家常甜點，所以一般家裡有什麼形狀的烤盤就烤什麼形狀。

　　這道甜點我最愛有加萊姆酒的食譜了（或浸過萊姆酒的黑棗乾）！因為它是一道蛋奶味較重的甜品，吃多了會膩，如果多了萊姆酒香，真是越吃越有味道，冬天的時候再配上一杯熱飲，C'est la vie!（這就是人生啊！）

　　這道甜點一次可以大量製作後再切小塊放在冰箱冷藏，炎炎夏日可以吃冰的，冬天可以吃熱的，材料沒有季節性，是一年四季皆可販賣的特色甜品喔！

 英文字彙　　*Track 27*

- **Brittany** *n.*　布列塔尼

  Last year, I went to visit a friend in Brittany during the summer vacation; that was the best time in my life!

  去年暑假，我去布列塔尼拜訪一位朋友，那是我人生最快樂的時光！

- **batter** *n.*　麵糊

  This magic beer batter is great for deep frying fish and chicken.

  這個神奇的啤酒麵糊非常適合拿來油炸魚肉跟雞肉。

- **flan** *n.*　布丁

  My little brother would stop crying every time he sees a flan in front of him.

  我的弟弟只要一看到布丁在他面前他立刻就不哭了。

- **prune** *n.*　黑棗

  Prune juice is good for your digestive problems.
  黑棗汁有效地幫助你解決消化不良的問題。

✒ **raisin** *n.* 葡萄乾

Most raisins are naturally sun-dried with several types of grapes.

大部分的葡萄乾都是好幾種葡萄自然日曬而成的。

✒ **soak** *v.* 浸泡

Soaking sliced apple in the saltwater can keep it from browning.

把蘋果片浸泡在鹽水中可以防止它氧化。

✒ **dried fruits** *n.* 果乾

Pound cake with dried fruits is always my favorite!

有果乾的磅蛋糕一直是我的最愛！

✒ **alcohol** *n.* 酒精

In Taiwan, it's illegal to drink alcohol if you're under 18 and you can be arrested by the police.

在台灣，未滿十八歲喝酒是違法的，而且有可能被逮捕。

補充法語單字 🎵 *Track 28*

❧ **far breton** 布列塔尼蛋糕 Ⓔ Far Breton
唸法▶ 發喝　ㄅ喝東
解釋▶ 布列塔尼特有葡萄乾或黑棗製成的奶油蛋糕。

❧ **Bretagne** 布列塔尼 Ⓔ Brittany
唸法▶ ㄅ喝塔尼欸
解釋▶ 布列塔尼的形容詞，或指布列塔尼人。

❧ **blé** 麥子 Ⓔ wheat
唸法▶ ㄅ類
解釋▶ 指麥子、穀類的主食。

❧ **prune** 黑棗乾 Ⓔ prune
唸法▶ ㄆ運呢
解釋▶ 黑棗富有豐富的纖維，能改善便秘問題。

part
1
甜
點

✿ **bouillie 糊** 英 porridge

唸法▶ 布以

解釋▶ 穀類和水熬煮一段時間後成黏糊狀，主食之一。

✿ **fruits secs 果乾** 英 dried fruits

唸法▶ 夫已　ㄙㄟˋ ㄎ

解釋▶ 把新鮮水果自然曬乾的成品。

part
2
下
午
茶

✿ **raisin 葡萄（乾）** 英 raisins

唸法▶ ㄏㄟˋㄗ尢ˇ

解釋▶ 葡萄自然曬乾的產物。

✿ **clafoutis 克拉芙蒂，水果蛋糕** 英 clafoutis

唸法▶ 克拉芙蒂

解釋▶ 法式櫻桃布丁蛋糕，為傳統美食之一。

UNIT 15

Tarte au Citron 檸檬塔

 主題介紹

　　檸檬塔起源於美國佛羅里達州，據説是採集海綿的漁民發明的。漁民們每次出海就是好幾天，由於當時還沒有發明冰箱，只能攜帶一些可以保存的食物，例如：煉乳、蛋和萊姆，而一開始檸檬塔的食譜是不用烘烤的，只利用蛋跟檸檬混合後起化學作用，使麵糊不用烤也能有厚實感，傳説是那時候發明出這道誘人美味的甜點。

♣ 前輩經驗巧巧說

　　這道甜點的底層是塔皮，再來是一層檸檬餡，最上面還有一層用蛋白跟糖打發後烤出來的蛋白脆餅。要介紹一下此甜點的重要角色：萊姆，相較於檸檬香味更清香，酸中帶甜，更適合用來做檸檬塔。至於上面的蛋白脆餅可有可無；而筆者建議要有。

　　第一是美觀，讓檸檬塔看起來更可口，第二是可以中和萊姆餡的甜。因為萊姆會酸，所以製作萊姆餡時，會加入不少糖讓其酸味更順口，這時候上層蛋白脆餅的功用就是中和甜味並增加口感。

　　以前的食譜不進烤箱，但現代的衛生知識進步，稍微烤一下會吃得更安心！

part

1

甜
點

part

2

下
午
茶

 英文字彙 *Track 29*

- **condensed milk** *n.* 煉乳

  How long can I preserve a can of condensed milk at the room temperature?
  煉乳在室溫下可以保存多久呢？

- **short crust pastry** *n.* 塔皮

  Do you have any tips on making a short crust pastry? I have failed five times already.
  你有製作塔皮的秘訣嗎？我已經失敗五次了。

- **meringue** *n.* 蛋白脆餅

  Sherry likes to have her sweet potato with meringue. I know it sounds weird, but it's actually very delicious!
  雪麗喜歡吃地瓜配蛋白脆餅，我知道這聽起來很奇怪，但事實上滿美味的！

- **key lime** *n.* 萊姆，墨西哥萊檬

  I prefer key lime more than lemon because it is less sour.
  比起檸檬我更喜歡萊姆，因為它比較不酸。

❧ **mix** *v.* 混合

Mix the powder ingredients first. Then pour them into liquid ingredients.

先將粉狀材料混合好後，再倒入液體材料裡面。

❧ **chemical reaction** *n.* 化學反應

Don't try to mix coca and soda powder because it will have a chemical reaction; then blow up.

不要試著把可口可樂和小蘇打粉混合，因為它們會起化學反應，然後爆炸。

❧ **thicken** *v.* 變厚，變濃

The sauce thickens when I add the cornstarch into it.

加入太白粉後醬汁變得更濃郁了。

❧ **raw** *adj.* 未熟的

I heard that eating raw eggs is good for our health!

聽說吃生蛋有益身體健康！

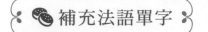

補充法語單字　　Track 30

tarte 塔 英 tart

唸法▸ 大喝特

解釋▸ 泛指所有用塔皮和餡料組合的甜點。

---

pâte brisée 塔皮 英 short crust pastry

唸法▸ 爸特　ㄅㄏㄧ 賊

解釋▸ 指無加糖的塔皮，可用於甜或鹹的派。

---

pâte sucrée （甜）塔皮 英 sweet pastry

唸法▸ 爸特 蘇ㄎㄟˊ

解釋▸ 這種加糖的塔皮只適用於甜的派。

---

meringue 蛋白脆餅 英 meringue

唸法▸ 麼夯葛

解釋▸ 利用蛋白和糖打發後的甜品，相當酥脆。

✿ **cru** 生的　英 raw

唸法▶ ㄎㄩˋ

解釋▶ 未煮熟的東西皆可用此形容詞。

✿ **mélanger** 混合　英 mixing

唸法▶ 妹龍姊

解釋▶ 動詞，指混合的動作。

✿ **jus** 果汁　英 juice

唸法▶ 居

解釋▶ 凡在後面加上水果名即指該水果的果汁，如：jus d'orange（橘子汁）。

✿ **lait condensé** 煉乳　英 condensed milk

唸法▶ 累　公東　ㄙㄟ

解釋▶ 直譯為可保存的牛奶，其實是指煉乳。

Tarte Tatin 反烤蘋果派

主題介紹

　　這是一個化腐朽為神奇的故事，從前有一對姊妹，在巴黎南部的城鎮，經營著一家飯店。有一天，負責做甜點的姊姊因為工作過度太過疲憊，製作蘋果派時，忘記把塔皮鋪在下層，只烤了一盤焦糖蘋果。烤完出爐才發現，急忙把塔皮放在上面烤，完成後在倒扣在盤子中。沒想到這道甜點竟然深受客人歡迎，後來也一路紅到巴黎去，成為法國的家常甜點之一。

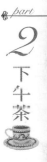

❧ 前輩經驗巧巧說 ❧

　　這道甜品要先把糖和水放到鍋內，溫度不會控制的話可以先從中火開始，慢慢煮至淺咖啡色即可，這時要即時放入奶油及萊姆酒或威士忌，最後把切成大塊的蘋果片放入，再放入烤箱烤過後會把糖份濃縮在蘋果中，比傳統的蘋果派味道更濃郁，會先吃到焦糖蘋果餡的多汁香甜，再吃到塔皮的口感。

　　我認為反烤蘋果派是很容易讓人印象深刻的甜品，只不過顛倒了，這樣就會引起人的好奇心。如果你有多點創意，不妨在某些節日推出一系列的反烤系列甜品，如「反烤檸檬塔」。把檸檬塔反過來烤，翻轉一下大家對甜點的刻板印象吧！

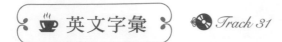

☕ 英文字彙　🎵 *Track 31*

✎ **upside down** *adj.* 顛倒的

Everyone is amazed by her ability to draw upside down.

每個人都對她可以畫顛倒畫感到驚艷。

✎ **pastry** *n.* 塔皮、糕點

Take at least an hour to wake the pastry dough. As my grandmother used to say, "Longer is better!"

至少花一個小時的時間去醒塔皮麵糰，像我外婆常說的：「越久越好！」

✎ **flip** *v.* 快速翻轉（倒扣）

There are four cars flipped over on this sharp turn last month.

上個月共有四場車禍都是發生在這個急彎上。

✎ **untraditional** *adj.* 非傳統的

Coco Chanel is a classic untraditional woman at that time.

可可·香奈兒是那個年代經典的非傳統女性。

❧ **whisky** *n.* 威士忌

Please try some whisky which I made on my own.
請喝喝看我自己釀得威士忌。

❧ **cut** *v.* 切

I have short hair. I need to cut my hair almost every month.
我是短髮。我大約每個月都需要去剪頭髮。

❧ **slice** *n.* 塊、片

A Tarte Tatin will taste better if you have big apple slices on the top.
如果翻轉蘋果派上面有大片的蘋果會更好吃。

❧ **concentrate** *adj.* 濃縮、專心

Nature's fruit juice is always healthier than concentrate juice.
自然的果汁一定比濃縮果汁來得健康許多。

補充法語單字　　Track 32

tarte aux pommes 蘋果派　英 apple pie

> **唸法** 搭喝特　歐　蹦

> **釋義** 一種水果派，可以自行搭配別種水果，水梨、草莓皆可。

---

caramél 焦糖　英 caramel

> **唸法** 嘎哈妹了

> **釋義** 把糖煮到攝氏 170℃時焦化產生的物質。法文跟英文的拼法很像，不要混淆囉！

---

accidentellement 意外地　英 accidentally

> **唸法** 阿克西洞ㄊㄟˋ　了夢

> **釋義** 不是預料中發生的事，通常是負面的。但在翻轉蘋果派的故事裡為正面的意思。

---

renverser 快速翻轉　英 flip

> **唸法** 轟妃ㄙㄟˋ

> **釋義** 快速翻轉的意思，也可指東西倒翻的時候。

❧ **whisky 威士忌** ㊀ whisky

唸法▶ 威士忌

釋義▶ 一種用麥釀的蒸餾酒，美國有時會拼成 Whiskey.

❧ **couper 切** ㊀ cut

唸法▶ 辜被

釋義▶ 切東西的動詞，也可指剪頭髮。

❧ **tranche 塊、片** ㊀ slice

唸法▶ 痛許

釋義▶ 量詞。例如：une tranche de pain一片麵包（運
痛計　的　棒）。

❧ **concentrer 濃縮、專心** ㊀ concentrate

唸法▶ 工松ㄊㄟ、

釋義▶ 濃縮後的食品水分是原來的四分之一，其味道會變
濃；此單字也有專心的意思。

Crêpe 可麗餅

 主題介紹

　　每年二月二日（聖蠟節），法國人會點起蠟燭，並和家人一起吃著可麗餅配上蘋果酒。傳說布列塔尼因土地貧瘠不適合種麥子，於是人們只好用少量的蕎麥粉做成薄餅來度日。crêpe 指甜的法式薄餅，galette 則指鹹的。其實最早開始在起源地布列塔尼沒有 galette 一詞，鹹的和甜的都稱之為 crêpe，是後來人們為了區分兩者，才漸漸用 galette 來形容鹹的薄餅。現在如果你去法國布列塔尼西邊，由東到西你會發現，galette 會慢慢消失在餐廳的菜單，像 Brest（為最西邊城市）的 crêpe 就概括甜的和鹹的薄餅。

❀ 前輩經驗巧巧說

之前在布列塔尼待很長一段時間，吃過不少法式薄餅，簡單版的奶油，到豪華版的鴨胸佐無花果醬。吃來吃去還是奶油砂糖加上些許檸檬汁最讓我回味。

我認為一個可麗餅要好吃，皮一定要 Q，其實麵糊只要醒三個小時以上就會讓它吃起來有 Q 度；加入啤酒或萊姆酒都可以軟化麵糊並增加香氣，餅皮有口感，配料即使簡單也會讓人難以忘懷。

個人認為除了在夾配料上用心，也可以增加 Flambé 系列的薄餅，這類的薄餅是在表面淋上烈酒、點火，讓整個薄餅都在燒，除了有噱頭外，吃起來也略帶酒香，是個不錯的選擇。

part **1** 甜點

part **2** 下午茶

 英文字彙　🎵 Track 33

pancake *n.* 鬆餅

Our dessert of the day is Mochi pancake with peanut butter and honey.
本日甜點是麻糬鬆餅佐花生醬和蜂蜜。

buckwheat *n.* 蕎麥

A bowl of buckwheat porridge a day helps lower our cholesterol.
每天一碗蕎麥粥可以幫助降低我們的膽固醇。

flambé *adj.* 被燒過的

My dad grilled a steak flambé for my mom on their anniversary.
我爸為我媽下廚，做了一個火焰牛排慶祝他們的紀念日。

creperie *n.* 可麗餅專賣店

I know there is a new creperie at the corner. Let's have lunch together!
我知道轉角有間新開的可麗餅店，我們一起去那吃午餐吧！

∾ **chewy** *adj.* 有嚼勁的

I don't like bagels; they're too chewy for me.

我不喜歡吃貝果，它們太有嚼勁了。

∾ **apple cider** *n.* 蘋果酒

I would recommend you to choose apple cider as your set meal drink.

套餐飲料我會建議你選擇蘋果酒。

∾ **spatula** *n.* 抹刀

Last step, use a silicone cake spatula to make your cake smoothly and beautiful.

最後一個步驟，用矽膠抹刀讓你的蛋糕平滑又漂亮。

∾ **spirit** *n.* 烈酒

In Europe, people drink a little bit of heated spirit when they catch a cold.

歐洲人感冒時習慣喝一點烈酒驅寒。

補充法語單字　　*Track 34*

crêpe 可麗餅（甜） 英 crepe

唸法▶ ㄎㄟ、ㄆ

解釋▶ 一種由小麥粉製作的法式薄餅，除了奶油跟糖，還可以包果醬。

---

galette 可麗餅（鹹） 英 savory pancake

唸法▶ 嘎類特

解釋▶ 一種由蕎麥粉製作的法式鹹薄餅。

Chandeleur 聖蠟節 英 Candlemas

唸法▶ 兄的了喝

解釋▶ 基督徒的節日，那天要從教堂帶著蠟燭走回家，如果都沒熄滅，據說可以豐收一整年。

---

cidre 蘋果酒 英 cider

唸法▶ 西得喝

解釋▶ 一種用蘋果汁為原料的酒，通常搭配可麗餅食用。

❧ **flambé 火燒過的** 🇬🇧 flambe

唸法 ▸ 甫龍唄

解釋 ▸ 只要菜名裡有這個形容詞，就表示他是利用酒精點
火，燒烤後的料理喔！

❧ **farine de sarrasin 蕎麥** 🇬🇧 buckwheat

唸法 ▸ 法ㄏㄧㄣ　的　撒哈桑

解釋 ▸ 一種穀類，是鹹可麗餅皮的主要材料。

❧ **bière 啤酒** 🇬🇧 beer

唸法 ▸ 比夜喝

解釋 ▸ 利用澱粉發酵後，產生糖份而產出的酒精飲料。

❧ **figue 無花果** 🇬🇧 fig

唸法 ▸ ㄈㄧ葛

解釋 ▸ 因為花開在果實裡，外表看不出來，故命名為無花
果，可以新鮮吃，也可以曬成果乾利於保存。

UNIT 18

Praline 杏仁糖

 主題介紹

　　一種用烘焙過的堅果（多半為杏仁和榛果），放入熱糖衣中，冷卻後糖衣變硬，成了簡單又涮嘴的堅果糖果，類似我們的牛軋糖，不過更硬一些。在 17 世紀時，由某城堡的主廚 Marshal du Plessis-Praslin 發明的，所以用他的姓氏 Praslin 來為杏仁糖取名為 Praline。最初是用焦糖做為 Praline 的糖衣，所以都是咖啡色的，後來也延伸出各式各樣的顏色，其中以粉紅色最受群眾歡迎。

　　比利時有一種巧克力也與 Praline 同名，所以有時候看到麵包是 Praline 口味，通常指裡面是包著巧克力，不要搞錯了喔！

♫ 前輩經驗巧巧說

Praline 就是歐洲人的糖果,歐洲生產堅果已經有很長的歷史,所以很容易在料理或甜點中找到他們的蹤影。平凡無其的堅果,外面裹了味道香濃的焦糖或是可愛俏皮的粉紅色糖衣,讓大人小孩都難以招架。

因為一次做出來的量都很多,但通常不會馬上賣完,我會把它擺置在餅乾密封罐裡,不僅美觀,因保存期限長(放冰箱可以保存幾個月以上),所以不用擔心會不新鮮。

有時候我會用來招待客人,讓他們不僅甜在嘴裡,心裡也會覺得很窩心,要經營客人,就要先抓住他們的胃。而這個就是低成本的小零嘴,最適合拿來做公關了,對了,還是老話一句,不要做太甜喔!

 英文字彙　　Track 35

praline *n.*　杏仁糖

Alice will never know how tasty the praline is, because she has bad teeth.
因為艾莉絲的牙齒不好，她永遠都不會知道杏仁糖有多好吃。

sugar coating *n.*　糖衣

My daughter chose her birthday cake with a SpongeBob's sugar coating on it.
我的女兒為她自己挑選了一個海綿寶寶糖衣的生日蛋糕。

baked *adj.*　烘焙過的

It is necessary to use baked nuts for making praline.
杏仁糖需要用烘焙過的堅果來製作。

candy *n.*　糖果

I don't understand why I have so many cavities. I rarely eat candies.
我不明白為什麼我有那麼多蛀牙，我很少吃糖果。

❧ **hazelnut** *n.* **榛果**

Nutella is a kind of spread which made from hazelnut and cocoa powder.

能多益是一種用榛果和可可粉製成的巧克力醬。

❧ **harden** *v.* **使變硬**

Do not harden your heart when you see the poor people, reach out to them!

看到需要幫助的人，不應該心硬，伸出援手吧！

❧ **nougat** *n.* **牛軋糖**

During traditional festivals, people would give friends some nougat as a gift.

在傳統節日中，人們會送親朋好友們一些牛軋糖當禮物。

❧ **snacks** *n.* **零嘴**

Every day at three o'clock in the afternoon, I frequently want to have some snacks even if I am on a diet.

即使我在減肥，每天下午三點還是會常常想吃點零嘴解饞。

補充法語單字 *Track 36*

praline 杏仁糖　英 praline

唸法 ► 巴另呢

解釋 ► 有堅果口味的黏稠狀糖果,通常包在巧克力裡。

Belgique 比利時　英 Belgium

唸法 ► 背了句丂

解釋 ► 西歐國家,以啤酒與巧克力著名,也是歐盟總部的所在地。

---

noisette 榛果　英 hazelnut

唸法 ► ㄋㄨㄚ ㄗㄟˋ 特

解釋 ► 擁有豐富的蛋白質和不飽和脂肪,土耳其為最大產地。

---

nougat 牛軋糖　英 nougat

唸法 ► 努嘎

解釋 ► 一種由麥芽、奶油、奶粉和堅果製作出來的糖果,英法發音差不多,但仔細聽還是有些許的差別喔!

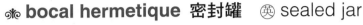

❀ **bocal hermetique** 密封罐　英 sealed jar

唸法▶ 波尬了　欸喝妹第個

解釋▶ 用來儲存食物，拉長食物的保鮮期。

❀ **en-cas** 零嘴　英 snacks

唸法▶ 甕嘎

解釋▶ 還有另一個同義字：casse-croute（嘎斯　估特），指非正餐時吃的東西。

❀ **bonbon** 糖果　英 candy

唸法▶ 蹦蹦

解釋▶ 泛指糖果的意思，唸起來很可愛唷！

❀ **appetissant** 開胃的　英 appetizing

唸法▶ 阿貝蒂松

解釋▶ 形容食物或點心很開胃，吃了使你的心情感到愉悅。

Merveille 優炸餅

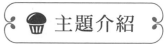
🧁 主題介紹

　　以前的基督徒在復活節前 40 天是齋戒期間，齋戒期間禁止一切活動，所以齋戒期前一天（Mardi Gras），人們會舉行派對，享受美食，而甜甜圈的發明也是為了那天。

　　法國各區都有甜甜圈，除了都是油炸外，名稱、配方及材料皆不同；而 Merveille（優炸餅）是法國西南地區特有的甜甜圈，材料除了基本的麵粉、雞蛋、牛奶、糖外，還有橙花和一小匙的雅文邑（白蘭地）。它的形狀不是常見的 O 形，而是圓扁形。

♫ 前輩經驗巧巧說

　　甜甜圈味道其實都差不多，那要如何脫穎而出呢？我想可以從麵糊口味下手，加入抹茶粉變成抹茶甜甜圈；或加入一些配料，不要咬起來只有麵糰的部分，可以加些許的巧克力豆、堅果類或是果乾。

　　如果不想那麼麻煩，也可以從醬料著手，不單單只灑糖粉，也可以配上冰淇淋，甚至做成鹹的版本也不錯，可以淋上墨西哥起司肉醬，聽起來很誘人吧！

　　另外，因為它不像一般的甜甜圈體積那麼大，它是像零嘴般大小，一口一個沾著配料吃剛剛好！這種味道平凡的點心，其實加上一些巧思與創意就會讓它大放異彩。

part

1

甜
點

part

2

下
午
茶

 英文字彙　　 *Track 37*

❧ orange blossom *n.*　橙花

This orange blossom perfume suits your age and personality very much; I would buy it if I were you.

這個橙花香水超適合妳的年紀和個性，我要是是妳我就買下來了。

❧ donut *n.*　甜甜圈

The cafe shop across the street sells marvelous donuts.

對面的咖啡店有賣超乎你想像的甜甜圈。

❧ spoon *n.*　湯匙

You need to add two more spoons of salt for this chips and dip.

你還需要多加兩湯匙的鹽到這個洋芋片沾醬裡。

❧ ice cream *n.*　冰淇淋

If you come to Italy, remember to try some of Italian style ice cream.

來義大利的時候，一定要記得嚐嚐看義大利風格的冰淇淋。

❧ **matcha** *n.*　抹茶

The taste of matcha is very different from regular green tea.

抹茶的味道跟一般的綠茶有很大的差異。

❧ **nut** *n.*　堅果

Nut oils could help you clean out the bad oil in your body.

堅果的油可以幫助你把身體裡不好的油代謝出來。

❧ **Armagnac** *n.*　雅文邑白蘭地

Armagnac is also called "eau de vie" in French, it means water of life.

雅文邑的法文別名是 eau de vie，意思是生命之水。

❧ **meat sauce** *n.*　肉醬

During my high school life, we had pasta with meat sauce and pizza everyday in our cafeteria.

在我的高中時期，學生餐廳每天都有肉醬義大利麵和比薩。

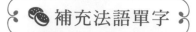 補充法語單字 Track 38

❀ **merveille 油炸餅** 英 merveille

唸法 ▸ 妹喝非以

解釋 ▸ 這個單字原意是指很驚奇、很神奇的東西；後來專指這種美味可口的甜甜圈。

❀ **fleur d'oranger 橙花** 英 orange blossom

唸法 ▸ ㄈㄜ 了喝　都闕結

解釋 ▸ 源自地中海，常被提煉做香料，因為有苦味，又稱苦橙。

❀ **beignet 甜甜圈** 英 donut

唸法 ▸ 杯你耶

解釋 ▸ 甜甜圈的總稱，法國各區的甜甜圈都有不同的名稱喔！

❀ **cuillère 湯匙** 英 spoon

唸法 ▸ ㄅㄩ 以耶喝

解釋 ▸ 可指餐具或當食譜中的量詞。

❧ **Mardi Gras 懺悔節** ㊐ Fat Tuesday

> 唸法▶ 媽喝第　葛哈
>
> 解釋▶ 齋戒期前一天的節日，人們會大肆慶祝並大吃大喝。

❧ **Armagnac 雅文邑白蘭地** ㊐ Armagnac

> 唸法▶ 阿喝媽尼阿科
>
> 解釋▶ 白蘭地的一種，法國加斯科尼地區最早生產的蒸餾酒。

❧ **glace 冰淇淋** ㊐ ice cream

> 唸法▶ 葛拉斯
>
> 解釋▶ 由乳製品製成的冰品，在歐洲屬義大利的冰淇淋最有名。

❧ **matcha 抹茶** ㊐ matcha

> 唸法▶ 媽掐
>
> 解釋▶ 抹茶主要是日本茶道裡常用的茶。

Almond Tuile 杏仁脆餅

 主題介紹

Almond 是杏仁的意思，Tuile 是指瓦片，所以它也可以翻譯作杏仁瓦片。它是由它的形狀得其名，因為彎彎的像房屋上的瓦片一般。主要是由杏仁片、雞蛋、奶油和麵粉製成，也是屬於簡單的材料創造出大驚喜的點心。材料充分混合後，烤完出爐的成品要壓出圓弧形，這樣才是名符其實的杏仁瓦片喔！它常被當作冰淇淋、義式奶凍或其他甜點的裝飾品。

🍒 前輩經驗巧巧說

　　雖然它的名字叫杏仁瓦片，其實也可以加入別種堅果，例如：南瓜子、葵瓜子或杏仁角皆可。在製作過程中杏仁片盡量不要重疊，這樣吃起來才會酥酥脆脆的。然後烤完冷卻後要馬上放入密封罐，要不然臺灣空氣濕度較高，很容易受潮喔！

　　其實這種薄薄的小餅乾通常都很受大家歡迎，尤其是在擺攤小市集裡，因為要邊走邊吃，為求方便，瓦片這時候就比奶油蛋糕吸引人了。如果還沒有店面，建議可以先從市集著手，與客戶直接接觸可以得到最直接的建議，也會即時的知道自己哪些地方還需要成長。

memo ·····

 英文字彙　　 Track 39

❧ tile *n.* 瓦片

I love the old-fashioned style, so I would like to have tile walls and floor in my kitchen.

我喜歡復古風格，所以我們家廚房的牆壁跟地板要使用瓦片磁磚裝潢。

❧ cookie *n.* 餅乾

I have a cookbook. You only need 3 ingredients: egg, sugar and peanut butter to make peanut butter cookies.

我有一本食譜，你只需要三樣材料：蛋、糖和花生醬，就可以製作花生醬餅乾。

❧ garnish *v.* 裝飾品、配菜

This dish of curry is too plain; you should garnish it with some broccoli.

這盤咖哩看起來太單調了，你應該放一些花椰菜來裝飾它。

❧ arc *n.* 弧形

I like the colors and arc shapes of rainbows.
我喜歡彩虹的顏色和它的弧形。

❧ **wafer** *n.* 薄片

Next time you are traveling in Holland, you should try some local caramel wafers.

下次當你去荷蘭旅行時,你應該吃吃看當地的焦糖薄片。

❧ **panna cotta** *n.* 義式奶凍

Panna cotta is an Italian style pudding with rich and creamy flavor.

義式奶凍是一種非常濃郁、奶香味十足的義大利風格布丁。

❧ **rooftop** *n.* 屋頂

In France, there are many small towns using the same color rooftop for good image.

在法國,有很多小城鎮為了有好的形象,使用同一種顏色的屋頂。

❧ **pumpkin seeds** *n.* 南瓜籽

When making the Almond Tuile, you could replace almond with pumpkin seeds.

當你在製作杏仁脆餅時,可以把杏仁片換成南瓜子。

補充法語單字　　Track 40

tuile 瓦片　英 tile

唸法▶ 凸伊　了

解釋▶ 指屋頂上的是瓦片，如果是牆上或是地板上的就是磁磚片。

---

biscuit 餅乾　英 cookie

唸法▶ 逼司ㄍㄩ

解釋▶ 泛指任何餅乾的統稱；年輕一代的法國人較常使用 cookie 這個單字。

---

forme 形狀　英 shape、form

唸法▶ 鳳喝麼

解釋▶ 除了形容形狀，也可以指人精神很好，可以説：Tu es en forme!（ㄊㄩ　欸　甕　鳳喝麼）

---

toit 屋頂　英 rooftop

唸法▶ ㄊㄨㄚˋ

解釋▶ 屋頂 toit 的結尾 t 不發音，人稱代名詞「你」是 toi，唸法一樣拼法不同，不要跟屋頂混淆囉！

✿ **arc** 弧形　英 arc

唸法▸ 阿喝丂

解釋▸ 指弧形的東西都可以，列入法國知名景點「凱旋門」
（Arc de Triomphe）就是用這個字。

✿ **garniture** 裝飾品、配菜　英 garnish

唸法▸ 嘎喝你　ㄊㄩ　喝

解釋▸ 可以指裝飾菜餚的配菜，善用裝飾，通常有畫龍點睛
的效果喔！

✿ **graines de citrouille** 南瓜子　英 pumpkin seeds

唸法▸ 葛沆　的　西兔以

解釋▸ grain 穀類的意思，因為南瓜 citrouille 是陰性，所
以前面的 grain 要加 e 為 graine。

✿ **marché** 市集　英 market

唸法▸ 媽喝雪

解釋▸ 指一般很多攤位聚集在一起的都稱作 marché。另
外，走路的動詞 marcher 跟它唸法一樣，但是拼法
不一樣喔！

Gaufre de Liège 烈日鬆餅

🧁 主題介紹

　　鬆餅是一種源於比利時的烤餅，18 世紀時，據說是由某位王子的御廚發明的。烤鬆餅的烤盤為上下兩面一凹一凸的格子狀鐵盤，把倒進去的麵糊壓出格子來。列日鬆餅，源於比利時東部城市「列日」，鬆餅麵團較鬆軟紮實，裡面會包裹珍珠糖粒，成品吃起來還會咬到卡茲卡茲的糖粒，帶有焦糖香。後來也廣傳到世界各地，每個國家都有屬於他們自己的特色鬆餅，美式鬆餅則是我們常見的鬆餅，較為鬆厚；而荷蘭鬆餅則為中間夾著焦糖糖漿的兩片薄脆餅。

♠ 前輩經驗巧巧說

比利時鬆餅有兩種，布魯塞爾鬆餅和列日鬆餅，兩者差別就在於麵糊有無加酵母。布魯塞爾鬆餅沒加酵母，利用打發的蛋白使鬆餅吃起來酥脆，上面如果放上水果等配料就會使整個鬆餅塌陷變軟，所以布魯塞爾鬆餅建議單灑糖粉就可以吃出它的酥脆感。相較之下，列日鬆餅吃起來較為紮實鬆軟。前者單吃味道較淡，較沒味道；反之，後者因有加入珍珠糖粒，單吃就風味十足。

鬆餅麵糊只要做得好，成品就成功八成了，如果配料能用別於一般市面上常見的配料，就一百分了。個人認為不用太複雜，在比利時吃過的鬆餅，都是現做的，趁熱加上一匙他們店家自己打的鮮奶油，分數馬上破表！

 英文字彙　　🎵 *Track 41*

❧ **waffle** *n.* 鬆餅

Compared with pancakes, waffles are more crunchy and flavory.

跟美式鬆餅比，比利時鬆餅更酥脆更有味道。

❧ **waffle iron** *n.* 鬆餅機

Vivian adores waffles, so her friends gave her a waffle iron for her birthday.

薇薇安熱愛鬆餅，所以她的朋友們在她生日時送她一台鬆餅機。

❧ **rough texture** *n.* 紮實口感

Taiwanese pineapple cake is made with local pineapples, so it tastes much sourer and has a rougher texture.

台灣土鳳梨酥是用當地的鳳梨做的，所以吃起來比較酸，且口感較紮實。

❧ **pearl sugar** *n.* 珍珠糖

Pearl sugar is the key to making a Liege waffle; otherwise it's just an ordinary waffle.

珍珠糖是做列日鬆餅的重點，要不然它只是一般的鬆餅而已。

❧ **yeast** *n.* 酵母

My bread can't rise even I double the yeast. I think my bread yeast is dead.

即使我放兩倍的酵母，我的麵包還是不會發，我想我的酵母沒有活性了。

❧ **sink** *v.* 塌陷

Don't open your oven door before your cake is done; this is the main reason why your cake sinks.

在蛋糕還沒烤好之前不要打開烤箱門，這就是你蛋糕塌陷的主因。

❧ **topping** *n.* 灑在上面的東西

There are diversity of toppings you can put on your cupcakes.

有很多種東西你可以灑在你的杯子蛋糕上面。

❧ **common** *adj.* 平凡的

Most people want to have a common life, but I want mine to be full of surprises.

大部分的人想要一個平凡的人生，但我希望我的人生是充滿驚喜的。

補充法語單字　🎵 Track 42

❧ **Liège** 列日　英 Liege

唸法▶ 里葉舉

解釋▶ 位於比利時東邊的城市，是鬆餅的發源地。

❧ **gaufre** 鬆餅　英 waffle

唸法▶ 狗府喝

解釋▶ gaufre 多半是指格子狀的鬆餅，圓形平面的是 pancake。

❧ **gaufrier** 鬆餅機　英 waffle iron

唸法▶ 狗府 ㄏㄧ 耶

解釋▶ 製作比利時鬆餅的機器，可放麵糊或是麵糰喔！

❧ **moelleux** 鬆軟　英 soft

唸法▶ ㄇㄨㄚ了

解釋▶ 指柔軟的、美味的；也可用在形容葡萄酒很香甜可口。

levure 酵母 ㊍ yeast

唸法▸ 樂ㄈㄩ喝

解釋▸ 酵母常用在烘焙麵包及釀酒。

accompagnement 配料 ㊍ topping

唸法▸ 阿公八你欸夢

解釋▸ 與 garniture 是同義字，都是指裝飾食物或配菜的意思。

ordinaire 平凡的 ㊍ common, ordinary

唸法▸ 歐弟內喝

解釋▸ 指東西或人很平凡、普通。

effondrer 塌陷 ㊍ sink

唸法▸ 欸風的嘿

解釋▸ 用來形容建築物倒塌。若是形容人倒下，要加上反身代名詞 s'effondrer，跟著動詞作變化。

Meringue à la Chantilly
香堤蛋白霜餅

 主題介紹

　　香堤蛋白霜餅擁有讓人爭議的歷史，有人說是在瑞士麥林根小鎮發明的；又在 1692 年時，正式出現在法國廚師 Francois Massialot 出版的食譜中。

　　這道歷史模糊的甜品，卻有個可愛的別名「忘卻的餅乾」，原因是因為它需要在非常低的溫度下長時間烘烤，常常讓人烤到忘記它的存在。

　　meringue 其實只單單利用了蛋白（或豆汁）和糖製作，利用快速攪拌產生化學變化，糖三次分批加入，從輕柔的蛋白慢慢變得堅固，最後打蛋器拿起來時，如果出現了微微的彎鉤，就表示你成功了。

❧ 前輩經驗巧巧說 ❧

　　這道甜品可以單吃也可以當裝飾，在法國幾乎每個甜點店都有這道甜品，可見對法國人來說這是一道很家常的小點心，雖然材料只有蛋白跟糖，就表示想要做成功，「技術」占了很大的比重。

　　蛋白霜餅雖然只是攪拌，但有諸多細節必須注意，所有容器皆要保持乾燥，不能碰到水或油，可以選擇用手打或是機器，但切勿打超過，只要拉起米蛋白成彎鉤狀（又稱為硬性發泡），碗裡的蛋白倒扣還是留在碗裡即可。烤出來的成品冷卻後要趕快放進密封罐裡，以免受潮，在密封罐裡可放一週。

　　其實店裡可以發明一些這種可以放置的小甜品招待客人，這種小東西可以定期更換，讓客人每次來都像第一次來一樣驚喜。另外也可以加入一些酸性調味料，如：檸檬汁、果醋或塔塔粉。

 英文字彙　　🎧 Track 43

- **meringue** *n.* 蛋白脆餅

Sherry likes to have her afternoon tea with meringue.
雪莉喜歡喝下午茶配蛋白脆餅。

- **forgotten** *adj.* 被人遺忘的

Meringue a la Chantilly is also called "Forgotten Cookies" for its long baking times.
香堤蛋白霜餅因為它需長時間的烘焙，又被稱為「被遺忘的餅乾」。

- **stiff peaks** *n.* 硬性發泡

You need to beat egg whites until you see the stiff peaks, so you know they're done!
你需要打發蛋白到硬性發泡的程度，你就會知道你成功了！

- **aquafaba** *n.* 豆汁

If you are a vegetarian, you can use aquafaba in place of egg whites in many recipes.
如果你是一位素食者，在許多食譜中，你可以使用豆汁去代替蛋白。

❧ **Switzerland** *n.* 瑞士

One of the famous landmarks in Switzerland is Jungfrau.

聖女峰是瑞士其中一個著名景點。

❧ **sealed container** *n.* 密封罐

The weather is very warm and humid in Taipei City, so sealed containers are very important for every family.

台北市的天氣非常溫暖且潮濕,所以密封罐對每個家庭來說都非常重要。

❧ **airy** *adj.* 輕盈的、空氣感的

My dear sister chooses an airy wedding dress for herself.

我親愛的姊姊為她自己選了一件輕盈浪漫的婚紗。

❧ **skill** *n.* 技術

Michael Jackson had great beat box skills. They're amazing!

麥可傑克森有很厲害的口技技術。非常驚人!

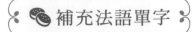 補充法語單字 *Track 44*

❧ **meringue 蛋白脆餅** ⑲ meringue

唸法▸ 麼夯葛

解釋▸ 利用蛋白和糖打發後的甜品，相當酥脆。

❧ **légère 輕柔的** ⑲ light

唸法▸ 類節喝

解釋▸ 形容東西很輕盈、柔軟；也可形容女生體重很輕。

❧ **chantilly 生奶油** ⑲ whipped cream

唸法▸ 兄替

解釋▸ 將液態奶油透過不斷攪拌，與空氣混合後的奶油呈現半液態狀，可用來塗抹在蛋糕上增加風味。

❧ **Suisse 瑞士** ⑲ Switzerland

唸法▸ 司為司

解釋▸ 為西歐國家之一，瑞士有分德文、法文和義大利文區。

❧ **pics fermes 硬性發泡** 英 stiff peaks

> 唸法▶ 譬ㄎ　費喝麼

> 解釋▶ 指蛋白打發到成彎鉤狀的程度。

❧ **creme de tartre 塔塔粉** 英 cream of tartar

> 唸法▶ ㄎㄟˋ　的　它喝特

> 解釋▶ 廚房常用的酸鹽，打發蛋白時加入可用來穩固蛋白結構，或使蛋糕質地更柔軟。

❧ **battcur electrique 電動攪拌器** 英 electric hand mixer

> 唸法▶ 巴的喝　欸類梯個

> 解釋▶ 做甜點都需要一個好的電動攪拌器，讓你省力又省時！

❧ **fouet 攪拌器** 英 whisk

> 唸法▶ 夫欸特

> 解釋▶ 一般常見的攪拌器，除了打蛋外，用來拌勻麵糊都很好用。

part 2 下午茶

L'Histoire de Goûte
下午茶的由來

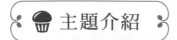

　　下午茶的由來，要從英國公爵夫人安娜貝德芙七世說起。十八世紀維多利亞時代的英國人一天只吃早點和晚餐，貴族一般要在晚上八點後才用晚餐。兩餐中間的漫長時間裡，公爵夫人常常在下午四、五點鐘，請女僕準備一壺紅茶或花草茶，烤幾片麵包送到她房間去，讓她解解饞。正統法式下午茶甜點強調口感細緻的點心，馬卡龍就是經典的代表。普遍法國人的晚餐時間也是八點，所以下午四點左右也會有吃下午茶的習慣。

🍒 前輩經驗巧巧說

　　六零年代是台灣農村時期，當時人們顧生活就來不及了，沒有什麼閒情逸致喝下午茶，但隨著時代逐漸進步，接觸到西方文化後，人們的飲食習慣也漸漸改變，開始懂得享受生活；在一整天緊湊的節奏中，下午茶變成現代人喘息片刻的小時光。

　　既然現代人的日常生活是比較緊張、壓力較大的型態，與朋友的溝通幾乎都是透過網路，所以我們更應該抓緊這個機會，創造出一個讓人們可以暫時忘卻掉煩惱的地方，只享受當下的美食和與朋友在一起的時光。

　　店裡的裝潢、色調，甚至音樂都很重要，每個細節都在說明，你想給他們帶來什麼樣的氣氛、服務；所以在許多的細節上你必須去多做琢磨，例如：音樂是想要輕快的民謠，還是慵懶的爵士風？一間店的氣質和走向都要由你自己決定了。

 英文字彙 　🎵 Track 45

❧ **afternoon tea** *n.* 下午茶

They were having afternoon tea in the garden.
他們正在花園裡喝下午茶。

❧ **scone** *n.* 英式鬆餅

A scone is a British style pastry that tastes more like bread.
司康就是英國版的鬆餅，吃起來口感比較像麵包。

❧ **upper class** *n.* 上流社會

Upper class started the culture of afternoon tea.
上流社會開啟了下午茶文化。

❧ **biscuit** *n.* 餅乾

These biscuits are not crisp anymore; you should have listened to mom's advice.
這些餅乾不脆了，你應該聽媽媽的意見的。

❧ **herbal tea** *n.* 花草茶

My grandfather likes to drink herbal tea before sleeping. He thinks it can help him sleep better.
我的爺爺喜歡睡前喝一杯花草茶，他覺得花草茶可以讓他睡得比較好。

❧ **black tea** *n.* 紅茶

When we talk about the United Kingdom, I would like to have a cup of black tea.
每當我們說到英國，我就會想要喝一杯紅茶。

❧ **breakfast** *n.* 早餐

Never skip breakfast to cut calories; it is the most important meal of the day.
不要用不吃早餐來減少卡路里的攝取，那是一天最重要的一餐。

❧ **lunch** *n.* 午餐

If you don't have time tomorrow night, how about having lunch together?
如果你明天晚上沒有空，那一起吃午餐好嗎？

補充法語單字　　🎵 Track 46

goûter 下午茶點心　🇬🇧 afternoon tea

唸法 估爹

釋義 是動詞，也是名詞，名詞為下午茶點心的意思，動詞則是嚐嚐看的意思。

---

quatre heures 下午茶　🇬🇧 tea time

唸法 嘎特　餓喝

釋義 直譯為四點的意思，因為通常為四點喝下午茶，所以此單字也可用來做下午茶。

---

histoire 歷史　🇬🇧 history

唸法 以私 ㄊㄨㄚ 喝

釋義 以前發生過並記錄下來的事情，記得前面的冠詞要縮寫為 l'，也就是 l'histoire 喔！

---

thé 茶　🇬🇧 tea

唸法 ㄅㄟˋ

釋義 一種擁有特殊香氣的飲品，由茶樹的莖與葉，加水浸泡後製成。

❧ **gâteau 蛋糕** 英 cake

 嘎豆

 是一種糕點，通常是甜的，典型的蛋糕是以烤的方式製作出來。

❧ **infusion 花草茶** 英 Herbal tea

 安夫送

 是用草本植物沖泡的茶飲，不含咖啡因，不影響睡眠。

❧ **petit déjeuner 早餐** 英 breakfast

 ㄆ踢　得嚥內

 petit 是形容詞，小的意思，而 déjeuner 為午餐的意思，可以這樣記，小型午餐就是早餐的意思。

❧ **déjeuner 午餐** 英 lunch

 得嚥內

 在法國，這個單字用法依地區變化而不同，有些地方指的是早餐，有些則是指午餐。

UNIT 2

Thé à la Menthe 薄荷茶

　　在希臘神話中，冥王海地士喜歡上收穫之神的女兒泊瑟芬，竟把她從地上擄到陰間作他的妻子；但花心的冥王不久後又愛上了 Menthe 仙女，這件事被大老婆知道後，她就把 Menthe 變成了一株在地上任人踐踏又刺鼻的薄荷。

　　薄荷是一種常見的中藥材，常被做成精油，有提神及鎮定緊張情緒。如有脹氣困擾，飯後一杯有助消化；薄荷屬寒性食材且具有刺激性，孕婦食用前需詢問醫師。

♫ 前輩經驗巧巧說

夏天吃冰越吃越燥,何不來一杯沁涼薄荷茶消暑呢?不同於吃冰,薄荷的清涼感慢慢從體內揮發到皮膚的每個毛孔。薄荷其實就像我們的白色 T 恤一樣,很百搭,除了直接沖熱水外,還可以與其他茶類作搭配,用紅茶或綠茶當基底,加上幾片薄荷葉,變成薄荷紅(綠)茶,還可以再搭配自製鮮奶油或冰淇淋,讓商品更有質感更多元。

有想法的商品,定價才能比市場價格高,而且不怕被取代。一壺茶端上桌時可以與客人多介紹一些關於薄荷茶的神話故事、它的功效⋯⋯等,除了商品有特色,讓客人覺得來店裡消費還能學到一些知識,這杯薄荷茶的附加價值提升了,客人的滿意度也會增加喔!

part
1
甜點

part
2
下午茶

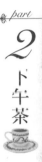

 英文字彙 📀 Track 47

❧ **mint** *n.* 薄荷

Bob dislikes the cooling taste of mint chocolate.
鮑伯不喜歡我薄荷巧克力的清涼口感。

❧ **Chinese herbal medicine** *n.* 中藥

Most Asian people believe Chinese herbal medicine can cure diseases.
大部分的亞洲人相信中藥能治療疾病。

❧ **refreshed** *adj.* 提神的

Take a cold shower on such a hot day, you will feel so refreshed.
在這麼熱的天氣裡沖個冷水澡，你就會再度感到有精神了。

❧ **essential oil** *n.* 精油

My mother has the habit of taking a bath in the morning, and she always puts a few drops of essential oil in the tub.
我媽媽有早上泡澡的習慣，她都會放幾滴精油在浴缸裡。

❧ **calm** *v.* 鎮定

"Everyone please calm down!" said the professor.

「各位請冷靜！」教授說。

❧ **brew** *v.* 沖

Do you know how to brew a good cold oolong tea?

你知道如何泡出好喝的烏龍冷泡茶嗎？

❧ **teapot** *n.* 茶壺

My husband made a teapot, and he accidentally won the red-dot design Award.

我先生做了一個茶壺，意外地贏得了紅點設計大獎。

❧ **cooling foods** *n.* 寒性食材

I have cold hands and feet. My doctor advises me that I not to eat too many cooling foods.

我常常手腳冰冷，我的醫生建議我少吃寒性食物。

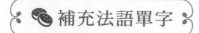 補充法語單字 Track 48

menthe 薄荷 英 mint

唸法 夢特

解釋 通常屬胡椒薄荷（peppermint）及綠薄荷
（spearmint）最常見。

---

médecine traditionnelle chinoise 中藥 英 Chinese
herbal medicine

唸法 妹低西引　她弟兄內了　薰ㄋㄨㄚˇ斯

解釋 東方人常使用天然植物做藥材治療疾病，法文直翻為
中國傳統藥方。

---

rafraîchir 提神 英 refresh

唸法 哈費虛喝

解釋 可以形容一個人很疲倦，後來因為做了某些事而重新
恢復活力。

---

huiles essentielles 精油 英 essential oil

唸法 ㄩ以了　欸送西欸了

解釋 用花草植物萃取出來的芳香物質。

part

1

甜
點

ᴥ **calme** 鎮定　⑲ calm

唸法▸ 嘎了麼

解釋▸ 要說鎮定情緒或心靈時可以用這個單字；亦可用於形容天氣。

ᴥ **infuser** 沖、泡　⑲ brew

唸法▸ 盎 ㄈㄩ ㄙㄟˋ

解釋▸ 對於泡茶有特殊的動詞，英文用 brew，法文則是用 infuser。

part

2

下
午
茶

ᴥ **théière** 茶壺　⑲ teapot

唸法▸ 得以欸喝

解釋▸ thé 是茶的意思，加上 ière 就是泡茶器具的意思囉！

ᴥ **nourriture froide** 寒性食材　⑲ cold-natured food

唸法▸ 怒以 ㄅㄩ 喝 ㄈㄨㄚˋ 的

解釋▸ 中國文化裡，認為食物有分陰陽性，如蘿蔔屬寒性食物。

Thé Verveine 馬鞭草茶

 主題介紹

　　馬鞭草因外型酷似馬鞭而得名，並有些許的檸檬味，又稱作檸檬馬鞭法草。十七世紀時，有非常多的巫師認為馬鞭草有淨化作用，常常使用馬鞭草來驅邪避魔或詛咒敵人。因為它的特殊檸檬香氣，可以使人神經放鬆，達到舒解壓力及刺激食慾的效果，因此常被用來做香皂、精油等商品，還有消除下半身水腫，久坐者可以適當飲用；但切記，它含有讓子宮收縮的成分，孕婦不可飲用。

🍒 前輩經驗巧巧說

　　現代人情緒容易緊張，馬鞭草則有放鬆神經系統的作用，可以舒緩憂鬱及緊張的情緒，當心情低落時，有些人會靠血拼或吃來發洩，下次或許可以選擇找個安靜的地方，泡上一杯馬鞭草茶，那特殊的檸檬香氣會讓你心情再度愉快起來！乾燥過的馬鞭草茶只需放 2-3 片（水量 250CC），新鮮的則要 5 片，可以先搓揉一下再放入杯中，這樣它才能釋放出它完整的香氣。建議可以放入些許的蜂蜜或楓糖調味，會更順口喔！

part *1* 甜點

part *2* 下午茶

memo --◄

 英文字彙　　*Track 49*

❧ **verbena** *n.*　馬鞭草

Lemon Verbena tea is great for summer evenings!
檸檬馬鞭草茶是夏日夜晚的絕佳選擇！

❧ **horsewhip** *n.*　馬鞭

The Blue Circus is prohibited from using a horsewhip to train animals.
藍色馬戲團禁止使用馬鞭訓練動物。

❧ **wizard** *n.*　巫師

James's biggest dream is to become a wizard.
詹姆士最大的夢想就是成為一名巫師。

❧ **nerve** *n.*　神經

Stop screaming on the MRT. You are getting on my nerves!
不要在捷運上尖叫。你已經快讓我抓狂了！

- **swollen** *adj.*   水腫的

I have been sitting all day in my office; my swollen feet can't fit my high heels anymore.
我一整天都坐在辦公室裡，我浮腫的雙腳已經穿不進我的高跟鞋了。

- **appetite** *n.*   食慾

Peter is very ill; he hasn't had an appetite for a week.
彼得病得非常重，他已經一個禮拜沒有食慾了。

- **rub** *v.*   搓揉

Rub the Verbena leaves before you put them into water.
泡馬鞭草茶之前，搓揉一下馬鞭草葉再放入水中。

- **dried** *adj.*   乾燥的

My best friend is really good at making dried flower crowns.
我最好的朋友真的很擅長做乾燥花圈。

補充法語單字　　🎵 *Track 50*

verveine 馬鞭草　英 verbena
- 唸法 ▸ V 欸喝 V 欸呢
- 釋義 ▸ 形狀似馬鞭狀的植物，會開淡紫色的小花。

---

cravache 馬鞭　英 horsewhip
- 唸法 ▸ 卡發許
- 釋義 ▸ 一種專門訓練馬的鞭子。

---

frotter 搓揉　英 rub
- 唸法 ▸ 佛ㄊㄟˋ
- 釋義 ▸ 動詞，揉麵團的動詞則是 pétrir（貝踢耶），法文為 pétrir une pâte。

---

appétit 食慾　英 appetite
- 唸法 ▸ 阿背踢
- 釋義 ▸ 每次吃飯前，別人就會說 Bon Appétit!，意思就是祝您用餐愉快！這是此單字最常用的用法。

part

1

甜
點

❀ **sec 乾燥的** ㊞ dried

> 唸法 ➤ ㄙㄟˋ ㄎ
> 釋義 ➤ 除了可以當乾燥的意思外，tout sec（凸 ㄙㄟˋ ㄎ）為乾杯的意思。

❀ **nerf 神經** ㊞ nerve

> 唸法 ➤ 內喝
> 釋義 ➤ 身體裡傳輸訊號的細胞，是一種生存工具。

part

2

下
午
茶

❀ **sorcier 巫師** ㊞ wizard

> 唸法 ➤ 搜喝西耶
> 釋義 ➤ 一群可以用咒語或儀式來改變他人命運的人。

❀ **oedème 水腫** ㊞ swollen

> 唸法 ➤ 欸ㄉㄟˋ麼
> 釋義 ➤ 水腫的意思，例如：Oedème pulmonaire（肺水腫）。

UNIT 4

Marco Polo 馬可波羅茶

 主題介紹

　　法國知名的頂級茶葉品牌 Mariage Frères，由瑪黑兄弟（Henri 和 Edouard）在巴黎創立；自 1660 年起，Mariage 家族就開始在亞洲殖民地進行茶葉貿易，兩兄弟憑著對茶的熱情，在 1854 年自創品牌 Mariage Frères，而秘密配方的馬可波羅茶是他們最熱賣的茶款。馬可波羅茶的基底為紅茶，加上中國與西藏的花卉、水果調味出來的茶，屬於調味薰香茶，除了馬可波羅茶，他們家的茶持續創新，現在大約有五百種茶類。

╭─────────────────────────────╮
│ 🍒 前輩經驗巧巧說 │
╰─────────────────────────────╯

茶葉品牌 Mariage Frères 除了種類多變新穎，茶包包裝也不同於一般的不織布茶包，它是由紗布及棉線組成的球狀茶包，喝起來不但可以讓茶葉的香氣充分發揮，漂亮的外表讓它更加分。

除了商品很有特色外，它的 Logo 也帶著故事性，仔細一看，你會發現上面寫著最大茶葉生產的四個國家，讓消費者更能想像瑪黑家族當時到亞洲買賣茶葉的畫面。

所以當我們的商品已經很有特色，Logo 也很關鍵，它代表著你們品牌的個性、走向，所以設計 Logo 前先想一下你們的品牌價值是什麼在著手開始吧！

part

1

甜
點

part

2

下
午
茶

 英文字彙　🎧 *Track 51*

foodie *n.* 美食家

A foodie is a person who has a great interest in food and wine.
美食家就是一個對食物和酒精飲品極度熱愛的人。

trade *n.* 貿易

Many countries around the world want to do trade with China for its population.
全世界很多國家都想跟人口數非常多的中國有貿易往來。

luxury *n.* 奢華、奢侈

Do you know where the largest luxury goods outlet in the world is?
你知道世界上最大的奢侈品暢貨中心在哪裡嗎？

colony *n.* 殖民地

Hong Kong was a British colony, and the government has preserved much of the architectures of that time.
香港曾經是英國殖民地，政府仍然保留著許多當時的建築物。

❧ **fragrance** *n.* 香氣

His girlfriend always has a fragrance which attracted him so much.

他女朋友總是有一種令他神魂顛倒的香味。

❧ **logo** *n.* 商標

Does this package include the logo design service?

這個方案有包括商標設計的服務嗎？

❧ **gauze** *n.* 紗布

There is someone injured at the intersection and he is already wrapped by a lot of gauze.

那個十字路口有個受傷的人，他已經被大量的繃帶包紮好了。

❧ **cotton thread** *n.* 棉線

Rice dumplings easily fall apart while cooking, so they need to be bound up with cotton thread.

粽子在煮的時候很容易散開，所以煮之前需要用棉線捆緊。

補充法語單字 *Track 52*

Marco Polo 馬可波羅 ⓔ Marco Polo

唸法▶ 馬喝可　波囉

釋義▶ 義大利威尼斯商人，曾走絲路到中國，對歐亞文化交流有貢獻。

---

gourmet 美食家 ⓔ gourmet

唸法▶ 估喝妹

釋義▶ 另一個容易混淆的單字 gourmand(e)，形容詞為愛吃的人。

---

logo 商標 ⓔ logo

唸法▶ 摟狗

釋義▶ 一個品牌擁有的專屬圖樣，代表品牌的風格和品牌精神。

---

fragrance 香氣 ⓔ fragrance

唸法▶ 發葛闊司

釋義▶ 正面詞彙，多半形容香的味道。

❧ **luxe 奢華** ⓔ luxury

> 唸法▶ 率可司

> 釋義▶ 名詞，可指生活很奢侈或是很豪華的意思。

❧ **maison de thé 茶館** ⓔ tea house

> 唸法▶ 妹送　的　ㄉㄟ、

> 釋義▶ 專門販售茶葉的店家，注意是用家（maison）這個
> 單字喔！

❧ **composition secrète 秘密配方** ⓔ secret recipe

> 唸法▶ 共波西兄　奢　ㄎㄟ、　特

> 釋義▶ composition 為組合，直譯為「秘密的組合」，這邊
> 是指祕密配方的意思。

❧ **unique 卓越的** ⓔ unique, special

> 唸法▶ 暈逆可

> 釋義▶ 此篇指卓越的意思，也有唯一、僅有的意思。

Thé Rose 玫瑰茶

 主題介紹

　　象徵愛情的玫瑰花，其花苞乾燥後竟然也是一道養顏美容的茶飲，玫瑰茶有助於改善膚質，臉上易長斑的女性，不妨試試長期飲用，也可以舒緩經痛和生理期不適，但玫瑰不是每個人都適合飲用，它本身偏寒性，體質虛和孕婦不宜食用。玫瑰不可用超過八十度的水沖泡，需浸泡久一點，最後加點冰糖或蜂蜜調味，要不然單喝會有點澀，加糖後的玫瑰茶其香味會更加顯著。

♣ 前輩經驗巧巧說

玫瑰茶最怕買到染色的了，要如何分辨呢？看茶的顏色就知道囉！如果浸泡後呈現偏紅色就是有加染劑，自然曬乾的玫瑰花苞泡出來的顏色應該呈現淡褐色。除了要注意有無染色外，還要注意一杯茶最多放五個花苞，放太多可能會有反效果，一天也不可攝取太多杯，喝太多可能會有腹瀉的症狀。

玫瑰為「活血」的花草，也是很百搭的花茶，可搭配枸杞顧眼睛，體質虛寒亦可搭配龍眼乾一起喝，女生如果生理期心情鬱悶，可以試試把玫瑰、茉莉、黑糖及薑片沖泡來喝，有解鬱通血的功效喔！

part

1

甜點

part

2

下午茶

 英文字彙　　 *Track 53*

⋙ **bud** *n.* 花苞

The orchid that I bought last year finally has four little buds.

我去年買的蘭花終於長出四個小花苞了。

⋙ **beverage** *n.* 茶飲

Beverages and foods are not allowed on the MRT trains.

飲料跟食物在捷運列車上是被禁止的。

⋙ **astringent** *adj.* 澀的

Some expensive wines have an astringent taste.

很貴的葡萄酒通常都有股澀味。

⋙ **colored** *adj.* 染色的

If the color of your rose tea is reddish, you may have brought colored roses.

如果你的玫瑰茶是偏紅色的,你有可能買到染色的玫瑰。

✿ **pigment** *n.* 染劑、色素

We might consume some natural pigments in vegetables and berries.

我們有可能從蔬菜及莓果中攝取到些許的天然色素。

✿ **diarrhea** *n.* 腹瀉

People who have the new type of flu often have these symptoms: diarrhea and fever.

只要得到新的流感的人，就會出現腹瀉及發高燒的症狀。

✿ **longan** *n.* 龍眼

If you eat too many longans, you will get a nosebleed

如果你吃太多龍眼，你可能會流鼻血。

✿ **wolfberry** *n.* 枸杞

Wolfberry is good for the eyes, so it is called Asian peoples' lutein.

枸杞對眼睛非常好，所以你也可以叫它東方人的葉黃素。

補充法語單字　 Track 54

amour 愛情　英 love

> 唸法 阿母喝

> 解釋 也可當愛人的意思，例如：Mon amour（猛哪母喝）我的愛人。

---

bourgeon 花苞　英 bud

> 唸法 不喝窘

> 解釋 花發出來的芽，亦可當作味蕾的意思。

âpre 澀、苦味　英 astringent

> 唸法 阿ㄆ喝

> 解釋 通常形容澀味前面要加 goût（味道），若加上 une vie，une vie âpre（凵 Ｖ 阿ㄆ喝）即為艱苦的人生。

---

teint 染色的　英 colored

> 唸法 盪

> 解釋 染頭髮通常都用這個單字喔！

✤ **pigment 染劑** 英 pigment

唸法▶ 披葛猛

解釋▶ 為色素、顏料的意思，可指皮膚的顏色。

✤ **diarrhée 腹瀉** 英 diarrhea

唸法▶ 低壓嘿

解釋▶ diarrheé 為專有名詞，口語可以說 J'ai mal au ventre.（我肚子痛。）

✤ **longane 龍眼** 英 longan

唸法▶ 壟尬呢

解釋▶ 可指龍眼、桂圓，longanier 則為龍眼樹的意思。

✤ **lyciet 枸杞** 英 wolfberry

唸法▶ 力西耶

解釋▶ 枸杞也可拼成 lycium（力西用麼）。

Thé au Jasmin 茉莉花茶

 主題介紹

　　常見的茉莉花為白色，其花語為你是我的、親切可愛的意思。茉莉花有安神、改善昏睡和焦慮情緒、抗菌消炎、以及對支氣管炎者有幫助，宜多飲用。曾經有個用茉莉花做的實驗，小老鼠聞了茉莉花的香氣，一整天的活動量明顯減少，證明人們吸了茉莉花香能減少心率數，並使副交感神經起作用，有安定心靈的功效，所以也常被做成精油。

🍒 前輩經驗巧巧說

茉莉花茶沖泡方法跟一般花茶泡法很相似，茉莉花苞可用冷水清洗過再使用。先用熱水溫杯後，取大約四克的茉莉花苞，水溫不能太高，泡完後浸泡時要蓋上杯蓋（大約三至五分鐘），讓茶香保持在茶壺裡。這個可愛的小花配上薰衣草或玫瑰還有瘦身的效果喔！

建議可以推出客製化飲品，讓客人依照自己需求去搭配他要喝的茶，如果他情緒比較容易緊張，可以建議他喝茉莉花茶安定情緒，這樣你不但提供了他當天的飲品，還讓他緊張的情緒得到了紓解，顧到生理，更顧到心理啊！

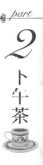

 英文字彙　*Track 55*

jasmine *n.* 茉莉

My mom likes to pick fresh jasmine and put it in our bathroom.
我媽媽喜歡摘一些新鮮的茉莉花放在浴室裡。

---

language of flowers *n.* 花語

Make sure what you want to convey before you buy flowers for her because every flower has its own language of flowers.
買花給她之前先確定你要傳達什麼，因為每一種花都有屬於它的花語。

---

friendly *adv.* 親切地

My aunt is a very friendly person, so she has a lot of friends.
我阿姨是一個非常親切的人，所以她有很多朋友。

---

improve *v.* 改善

I want to improve my math by doing 100 math exercises every day.
為了使我的數學進步，我每天做一百題數學練習題。

❧ **antibacterial** *adj.* 抗菌

Did you know antibacterial soap may harm your skin?
你知道抗菌肥皂會傷害皮膚的嗎？

❧ **experiment** *n.* 實驗

The WSPA (World Society for the Protection of Animals) does not agree to use animals in any experiments.
世界動物保護協會不同意利用動物做任何實驗。

❧ **smell** *v.* 聞

Theresa loves to smell the mustiness of the old books.
泰瑞莎很愛聞舊書的霉味。

❧ **gram** *n.* 克

Please put 5 grams of green tea leaves in the teapot.
請把五克的綠茶葉放入茶壺中。

❀❀ 補充法語單字 ❀❀ 🎵 *Track 56*

❀ **jasmin** 茉莉 英 Jasmine

唸法▶ 加斯曼

解釋▶ 法文跟英文的拼法很接近,哪一個有 e,哪一個沒有不要搞混了喔!

❀ **langage des fleurs** 花語 英 language of flowers

唸法▶ 龍尬舉 得 府樂喝

解釋▶ 要注意語言(langage)沒有 s,但是因為花是複數,所以介系詞也要用複數的 des (de + les)。

❀ **sympathique** 親切地 英 friendly

唸法▶ 三八地可

解釋▶ 這個單字可縮短成 sympa,可指人或地方很令人喜悅的意思。

❀ **améliorer** 改善 英 improve

唸法▶ 阿妹李歐黑

解釋▶ 可指改善或使什麼東西進步的意思。

part

1

甜
點

❄ **antibiotique** 抗菌 英 antibacterial

唸法 ▸ 翁弟比歐弟可

解釋 ▸ 字根 anti 有對抗的意思，所以很多字前面都有這個
字根，表示要對抗後面那個單字的東西，其字根也有
之前的意思，如：antichambre 等候室（翁弟兄ㄅ
喝）。

---

part

2

下
午
茶

❄ **expérience** 實驗 英 experiment

唸法 ▸ 欸可思呇依翁斯

解釋 ▸ 可以當實驗或是經驗的意思，而英文的經驗則是用
experience 這個單字喔！

❄ **sentir** 聞 英 smell

唸法 ▸ 松地喝

解釋 ▸ 此單字為動詞，如果要說什麼的氣味可用名詞
senteur。

❄ **gramme** 克 英 gram

唸法 ▸ 葛漢麼

解釋 ▸ 為量詞，英文也可以拼成 gramme。

Thé à la Pomme 蘋果茶

 主題介紹

　　在茶葉傳入土耳其後，由於土耳其傳統的咖啡和茶都較苦澀，外地人一般無法接受，而蘋果茶味道清香甘甜，接受度高，土耳其人多用蘋果茶來招待客人和觀光客，所以蘋果茶也變成去土耳其必買的伴手禮之一。

　　蘋果含有豐富鞣酸、膳食纖維，有幫助降低血糖和膽固醇並促進腸道蠕動；春天多喝花茶，可幫助把身體裡的寒氣排出。蘋果茶主要是以紅茶做基底，再加上不帶皮的蘋果片熬煮，就是一杯喝得到蘋果香的紅茶。

♣ 前輩經驗巧巧說 ♣

蘋果茶是一般市售茶包常見的口味，多半為蘋果粉加糖調出來的蘋果汁，如果我們要販售，絕對要調出市面上沒有的味道，讓人喝了會想念，這樣不用刻意宣傳，客人就會自動回來。

我們可以使用新鮮蘋果來製作，先把蘋果在沸騰的熱水中煮幾分鐘，等味道出來後，我們再加入些許肉桂，最後加入紅茶葉，切記加了紅茶後不要泡太久，顏色杏氣有了就要趕快把它倒出來，並把渣渣濾掉，一杯天然又好喝的蘋果茶就出爐啦！

也可以改變一下，試試看換成綠茶為基底，或是原來的食譜加上幾片檸檬或薄荷葉味道會更有層次喔！

 英文字彙　🔴 *Track 57*

❧ **Turkey** *n.* 土耳其

I really want to go to Turkey once in my life.
我這輩子真的很想去一次土耳其。

❧ **bitter** *adj.* 苦的

My mother always tells me a proverb when I don't want to take my medicine which is "A good medicine tastes bitter".
媽媽總是在我不想吃藥的時候跟我說這句俗諺：「良藥苦口」。

❧ **visitor** *n.* 觀光客

The Louvre Museum attracted 9.3 million visitors in 2014.
2014 年羅浮宮博物館吸引了 930 萬名觀光客。

❧ **accept** *v.* 接受、同意

Many foreigners find it hard hard to accept that Asian people eat chicken feet.
很多外國人不能接受亞洲人吃雞腳。

❧ **fiber** *n.* 纖維

Sweet potatoes are not only rich in fiber, but also in sugar.

地瓜不只有豐富的纖維，也有豐富的糖分。

❧ **blood sugar** *n.* 血糖

Diabetes patients need to pay full attention to their blood sugar.

糖尿病患者需要非常注意他們的血糖。

❧ **cholesterol** *n.* 膽固醇

My doctor said my blood cholesterol is too high and suggested I not eat too much seafood and eggs.

我的醫生說我血液裡的膽固醇過高，並建議我減少海鮮和蛋的攝取。

❧ **cinnamon** *n.* 肉桂

Apple and cinnamon is a perfect match, so don't forget to add some cinnamon to your apple pie.

蘋果跟肉桂是絕佳搭配，所以不要忘了在你的蘋果派裡加一些肉桂粉。

補充法語單字　🎵 *Track 58*

❧ **thé à la pomme** 蘋果茶　㊛ apple tea

唸法▶ ㄉㄟˋ 啊 拉 蹦

解釋▶ pomme 為法文中的陰性名詞，所以這邊會用陰性介
系詞 à la，陽性則為 au。

❧ **Turquie** 土耳其　㊛ Turkey

唸法▶ ㄉㄩ 喝 ㄎㄧ

解釋▶ 橫跨歐亞兩洲的國家，處於重要位置。

❧ **amer** 苦的　㊛ bitter

唸法▶ 阿妹喝

解釋▶ 除了可以指苦味之外，還可以指人生不順遂。

❧ **touriste** 觀光客　㊛ tourist, visitor

唸法▶ 凸 ㄏㄧ 司特

解釋▶ 指出國旅行的人。這個單字陰陽性拼法都一樣喔！

❧ **accepter** 接受、同意　㊛ accept

唸法▶ 阿可 ㄙㄟˋ ㄆ 爹

解釋▶ 記得第一個 c 也要發音，發[k]音。雖然聽起來差不
多，但在法國人的耳朵裡聽起來會差很多喔！

part
1
甜
點

❧ **fibre 纖維** 英 fiber

 ㄈㄧㄅㄜ

解釋 許多蔬果都含有豐富的纖維，人體不能吸收，但可幫助腸道蠕動。

❧ **glycémie 血糖** 英 blood sugar

part
2
卜
午
茶

 葛力 ㄙㄟˋ 咪

解釋 血液裡的糖分，太高時會由胰島素來控制。

❧ **cholestérol 膽固醇** 英 cholesterol

 溝類思爹吼了

解釋 有分成好的跟壞的膽固醇，膽固醇過高對身體有負擔，應注意個人飲食習慣。

❧ **cannelle 肉桂** 英 cinnamon

 嘎內了

解釋 一種香料，除了甜點外，有些飲品也會使用肉桂調味。

Thé Earl Grey 格雷伯爵茶

主題介紹

　　格雷伯爵茶是由紅茶為基底，加入香檸檬（佛手柑）調味而成的，後來只要有加入柑橘類香料的茶都總稱為伯爵茶。據說英國首相格雷二世伯爵有一次收到這種茶為禮物，喝完後還是很想念這個味道，於是就請 Twinings 茶商為他製作出一樣的茶來供應首相官邸，後來深受大家的喜愛，喝過的訪客都問他去哪裡買，伯爵就會請他們去 Twinings 茶商買格雷伯爵的茶，於是就把這種茶用首相的名字命名為「格雷伯爵茶」。

🍒 前輩經驗巧巧說

　　格雷伯爵茶有著柑橘類的香氣，如果使用茶包的話，味道較淡，只能沖泡一次，第二次通常就沒有味道了。在這邊還是建議使用茶葉，還是要真材實料才能享受到花茶的香氣及回甘的感覺啊！

　　泡茶的茶具很重要，選擇保溫效果佳的茶壺，用熱水溫壺和溫杯，用 95 度的熱水沖泡，靜置約 3 到 5 分（記得加蓋），使茶葉在水中充分的跳舞後即可享用。

　　除了喝原味，也可加入鮮奶變成伯爵奶茶，不過因為要加入牛奶，記得這時茶要泡濃一點，要不然喝起來會很像在喝加了水的牛奶，另外也可以用綠茶、烏龍及白茶為基底來製作。

 英文字彙　*Track 59*

❧ **aromatised** *adj.* 加香料的

We need to buy an aromatised wine to make cocktails for tonight's party.

我們還需要為今晚的派對買瓶做雞尾酒的調味酒。

❧ **aftertaste** *n.* 回味，餘韻

A good cup of tea has a sweet aftertaste when you drink it.

一杯好茶喝一口就會回甘。

❧ **light** *adj.* 淡的

There are hundreds of kinds of beers in Belgium, from light beer to the strongest beer.

比利時有上百種啤酒，從淡啤酒到最濃的都有。

❧ **tisane** *n.* 草本茶

Do you want to have a cup of tisane? It can help you sleep better.

你想要來杯草本茶嗎？它可以幫助你睡得更好喔！

✿ **bergamot** *n.* 佛手柑

I like the bergamot scent in the Earl Grey tea.

我喜歡格雷伯爵茶裡的佛手柑香味。

✿ **tea set** *n.* 茶具

My grandparents love to brew tea, so we bought them a professional tea set.

我的祖父母很喜歡泡茶，所以我們幫他們買了一組專業茶具。

✿ **tea bag** *n.* 茶包

One box of high quality organic camomile tea has 20 tea bags.

一盒高品質的有機甘菊花茶裡面共有 20 包茶包。

✿ **tea blend** *n.* 調味茶

You need to have a good proportion of these tea, so you can make a good tea blend.

要製作出好的調味茶，你必須要有一個好的的比例。

補充法語單字　　*Track 60*

aromatisé 加香料的 英 aromatised

唸法▶ 阿哄媽弟 ㄗㄟ

解釋▶ aromatiser 為原形動詞，這個單字是過去分詞當形容詞的用法。

---

thé noir 紅茶 英 black tea

唸法▶ ㄅㄟˋ ㄋㄨㄚ 喝

解釋▶ 是調味茶的基底茶之一，泡起來偏深色，所以用 noir（黑色）這個單字。

---

bergamote 佛手柑 英 bergamot orange

唸法▶ 背喝嘎麼特

解釋▶ 有人翻譯成香檸檬，亦翻成佛手柑，是一種小型梨狀的柑橘類水果。

---

thé vert 綠茶 英 green tea

唸法▶ ㄅㄟˋ 非喝

解釋▶ 綠茶又稱之為生茶，因為沒有發酵過，還保留著芳香油，香氣比紅茶重。

❧ **thé blanc 白茶** 英 white tea

> 唸法▶ ㄅㄟ、 不龍

> 解釋▶ 指新鮮茶葉摘採後，直接日曬或用火乾燥後的茶。

❧ **tisane 草本茶** 英 herbal tea

> 唸法▶ 踢散呢

> 解釋▶ 又稱花草茶，是用新鮮或乾的花草沖泡而成的飲品。

❧ **lait 牛奶** 英 milk

> 唸法▶ 類

> 解釋▶ 說到牛奶這個單字，就一定要知道咖啡歐蕾怎麼說：café au lait，如果少說了 lait，你只會喝到一杯黑咖啡喔！

❧ **sachet 小袋子** 英 bag

> 唸法▶ 撒穴

> 解釋▶ 也為密封小袋的意思，例如：un sachet de thé一包茶包（骯 撒穴 的 ㄅㄟ、）。

UNIT **9**

Café Noir 黑咖啡

🧁 主題介紹

咖啡（coffee）源自於阿拉伯語的 Qahwa，為「植物飲料」的意思。它有個可愛的傳說，據說是非洲有位牧羊人發現他的羊吃了咖啡果後會特別的活潑，才發現咖啡有振奮的效果，一開始人們把咖啡磨成粉加入麵包中，直到 11 世紀才開始把咖啡當飲料。因為咖啡會使人興奮，違反教義，曾被伊斯蘭教國家禁止，直到埃及蘇丹認為咖啡不違反教義，解禁後才慢慢在阿拉伯地區流行起來。

♫ 前輩經驗巧巧說

　　咖啡有分偏酸的小果咖啡和較苦且酸味較低的中果咖啡。好的咖啡是有點微酸的，沖泡後顏色為琥珀色，如果喝起來完全沒酸味只有濃郁的咖啡味，可能就是咖啡豆烘焙時已經有點烤焦了，所以咖啡豆選購時，建議不要選擇重烘焙咖啡豆，嚴格說起來那只是烤焦的咖啡豆，會對身體有不好的影響。

　　研磨咖啡時也多用手動低溫研磨和手沖咖啡，不只味道一定有差別，這樣聽起來也會讓消費者覺得更值得，一定要用專業及口味來區別你的，跟便利商店的咖啡。

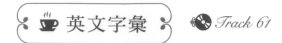 英文字彙　 Track 61

↝ plant *n.* 植物

My little brother is very interested in plants; he wants to study in the Department of Forestry.
我的弟弟對植物非常有興趣，他大學想讀森林系。

↝ lamb *n.* 羊肉

What would you like for supper? How about some salt-baked lamb shanks?
你晚餐想吃什麼呢？我們吃點粗鹽烤羊腿肉如何呢？

↝ amber *n.* 琥珀色

My mother-in-law gave my little girl an amber necklace on her first birthday as a tradition in our family.
我的婆婆依照家庭傳統，在我女兒一歲時給了她一條琥珀項鍊。

↝ roast *v.* 烘烤

Thanksgiving Day is a national holiday in the U.S.A. and people have roast turkey on that night.
感恩節是美國的國定假日，而那天晚上人們會吃烤火雞來慶祝。

◈ cultivate *v.* 種植

My husband and I cultivate all kinds of herbs in our garden; people can smell them when they walk by.

我跟我先生在我們的庭園裡種著各樣的香草，人們只要經過都可以聞到它們的芳香。

◈ slightly *adv.* 微微地

When Simon said that I have six new wrinkles on my face, I was slightly hurt.

當賽門說我臉上又多出六條皺紋時，我的心感到有點受傷。

◈ acidic *adj.* 酸的

We should avoid consuming too many acidic foods for our health.

為了我們的健康，我們應該避免食用過多的酸性食物。

◈ stimulate *v.* 刺激、激勵

My father tried to stimulate my interest in English for many years, but I just don't like it.

我父親試著想激勵出我對英文的興趣好幾年了，但是我就是不喜歡。

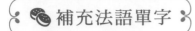 補充法語單字　🍪 *Track 62*

🌺 **plante** 植物 　㊍ plant

> 唸法 ▸ ㄆ攏特
> 解釋 ▸ 植物也是一種生命，利用光合作用來產生養分供給自己。

🌺 **agneau** 羊肉 　㊍ lamb

> 唸法 ▸ 啊你歐
> 解釋 ▸ 羊肉是 agneau，但是羊則是 mouton，去餐廳可不要說成我想吃 mouton 喔！

🌺 **ambre** 琥珀色 　㊍ amber

> 唸法 ▸ 甕ㄅ喝
> 解釋 ▸ 琥珀是一種樹脂化石，琥珀色和琥珀都是用 ambre 喔！

🌺 **torréfier** 烘焙過的 　㊍ roast

> 唸法 ▸ 都黑 ㄈㄧ 欸
> 解釋 ▸ 除了烘焙咖啡外，烘烤堅果的動詞也是用這個單字喔！

❧ **cultiver** 種植、培養 英 cultivate

唸法 ▸ Q 踢非

解釋 ▸ 除了種植及培養的意思外，還有維持感情的意思。

❧ **légèrement** 微微地 英 slightly

唸法 ▸ 類覺喝夢

解釋 ▸ 此單字為副詞，形容詞為 léger / légère。

❧ **stimuler** 刺激 英 stimulate

唸法 ▸ 司第 ㄇㄩ 類

解釋 ▸ 可當刺激（食慾），也可以用來鼓勵、激發人的意思。

❧ **boisson** 飲料 英 beverage

唸法 ▸ ㄅㄨㄚ 送

解釋 ▸ 任何飲料（果汁、酒、咖啡）都可以用這個單字，點餐時如有附餐飲料服務生也會用這個單字問你喔！

UNIT 10

Café au Lait 咖啡歐蕾

🧁 主題介紹

　　咖啡在 17 世紀時傳入法國，當時不太受人們歡迎，因為它很苦；直到 1685 年時，Grenoble 國王的御醫名叫孟尼，當所有人都在加糖和蜂蜜來降低苦味的時候，他是第一位想到可以加牛奶的人，利用牛奶的香氣來沖淡咖啡的苦味。現今，咖啡與牛奶依國家的不同有不同的比例和作法，例如西班牙的咖啡歐蕾，下層是牛奶，上層是咖啡，又稱為反轉咖啡（café renversé）。

♠ 前輩經驗巧巧說

　　咖啡歐蕾是加牛奶系列的咖啡中咖啡比例最少的。而且牛奶也不需要用熱蒸氣打成奶泡，而是加熱後即可。正統的咖啡歐蕾是要將熱牛奶與熱咖啡一同倒入杯中，讓牛奶與咖啡在第一時間相遇，創造出最單純的美味。比起其他咖啡，咖啡歐蕾放較多的牛奶，但是也要試過幾次才能試出最喜歡的味道，而不同溫度調出來的口味也會不太一樣，因為它很單純，建議可以挑選一個較複雜的甜品來搭配，會讓人意猶未盡。

part 1 甜點

part 2 下午茶

memo

 英文字彙　　 *Track 63*

❧ café au lait *n.* 咖啡歐蕾

Café au lait is a kind of coffee which is originally from France.

咖啡歐蕾是一種來自法國的咖啡。

❧ heated *adj.* 加熱的

I swam 2 thousand meters every morning in the heated swimming pool during the whole winter.

去年冬天每天早晨，我都在溫水游泳池裡游兩千公尺。

❧ percolator *n.* 義式咖啡壺

Could you please help me find my new percolator which Tiffiny gave us 3 months ago?

你可以幫我找蒂芬妮三個月前給我的新義式咖啡壺嗎？

❧ French press *n.* 法式濾壓壺

It is not easy to clean the plunger of this model of French press.

這款法式濾壓壺的濾壓器很難清洗乾淨。

❧ **doctor** *n.* 醫生

My uncle donated 100 thousand to the association of
Doctors Without Borders after he won the lottery.
我的叔叔中了彩券之後就捐了十萬元給無國界醫生組織。

❧ **century** *n.* 世紀

Television was invented in the late 19th century.
電視機是十九世紀末被發明出來的。

❧ **reverse coffee** *n.* 反轉咖啡

A reverse coffee means milk is used as a base and
coffee is added on the top.
反轉咖啡就是把牛奶放在下層，咖啡放上層的咖啡。

❧ **weakness** *n.* 點

No one is perfect. We all have some weaknesses.
沒有人是完美的。每個人都有一些缺點。

補充法語單字　　🔊 *Track 64*

café au lait 咖啡歐蕾　英 cafe au lait
- 唸法 嘎非　歐　類
- 解釋 除了當牛奶咖啡外，還有淺咖啡色的意思喔！

---

percolateur 咖啡壺　英 percolator
- 唸法 背喝勾拉的喝
- 解釋 一種大的，有過濾功能的咖啡壺。

---

machine à café 咖啡機　英 coffeemaker
- 唸法 馬遜　阿　嘎非
- 解釋 屬於半自動咖啡機，沒有研磨功能，需加入咖啡粉和水。

---

beaucoup 多的，非常　英 many, much, very
- 唸法 不鼓
- 解釋 是副詞，形容東西很多的意思，年輕人之間聊天時常會簡寫成 bp。

---

introduire 引進　英 introduce
- 唸法 尢 拖 ㄅㄩ 喝
- 解釋 也可當介紹、引薦的意思。

part

1

甜
點

❧ **défaut 缺點** 英 defect

唸法▶ 爹否

解釋▶ 可指人或東西的缺點。

❧ **docteur 醫生** 英 doctor

唸法▶ 都可特喝

解釋▶ 法文中只要是 eur 結尾的通常都是指人的意思。

part

2

下
午
茶

❧ **café renversé 反轉咖啡** 英 reverse coffee

唸法▶ 嘎非　翁非喝 ㄙㄟˇ

解釋▶ 別於一般的咖啡歐蕾，把牛奶放在下層，咖啡則放上
層。

❧ **cafetière à piston 咖啡濾壓壺** 英 French press

唸法▶ 嘎夫踢耶喝　阿　逼斯東

解釋▶ 米蘭設計師 Attilio Caliman 申請其專利。是一個簡
易的泡咖啡器具。

UNIT *11*

Le Café Expresso
義式濃縮咖啡

主題介紹

　　義式濃縮咖啡是需要特殊機器和技巧才能完成的一種咖啡；起初，要在咖啡廳才喝的到，也間接演變成一種社交活動，espresso 有「快速」的意思，所以一般都是站著喝的，也在義大利演變出一種「站著咖啡店」文化。濃縮咖啡機把接近沸騰的高壓水沖過咖啡粉，讓濃縮咖啡比一般的咖啡更加濃郁，咖啡因也比別的咖啡高，經常用來做花式咖啡（拿鐵、卡布奇諾、摩卡）的基底。

♣♣ 前輩經驗巧巧說

　　義式濃縮咖啡是利用咖啡機把高壓水流經咖啡粉，把咖啡粉中的油脂乳化為「咖啡脂」，這是在其他咖啡中不會看到的。早期濃縮咖啡是用槓桿式的咖啡機制作，需拉下彈簧活塞上的手把製作，所以要製作濃縮咖啡也可以說 pulling a shot。

　　在義大利，人們可以不吃早餐，但不能不喝 Espresso，它是每個義大利人起床後第一個飲料，相對，台灣人比較不能接受口味較苦的 Espresso，建議把 Espresso 的豆子與水的比例抓好，實驗出一個最適合做花式咖啡的基底咖啡，或是發明出一個屬於台灣人的台式濃縮咖啡。

memo ------------------------------◄

 英文字彙 Track 65

- **espresso** *n.* 義式濃縮咖啡

Do you know how to drink espresso the right way?
你知道如何正確的喝義式濃縮咖啡嗎？

- **caffeine** *n.* 咖啡因

Caffeine can stimulate your brain for about five to six hours.
咖啡因可以刺激你的大腦大約五到六個小時。

- **espresso machine** *n.* 濃縮咖啡機

I drink espresso after each meal. I think I need to buy an espresso machine so that I can drink it whenever I want.
我飯後都要喝一杯濃縮咖啡。我想去買一台濃縮咖啡機，這樣我想喝的時候就可以喝了。

- **boiling** *adj.* 沸騰的

I said I want a cup of warm water, not boiling!
我說我要一杯溫水，不是一杯滾燙的水！

❧ **pressure** *n.* 壓力

Sometimes a little bit of pressure can help you achieve your goal sooner.

有時候一點點的壓力可以讓你更快達到目標。

❧ **ground** *adj.* 磨碎的

You could directly buy ground coffee for saving time in the morning.

如果你早上想節省更多的時間,你可以直接賞咖啡粉。

❧ **crema** *n.* 咖啡油脂

Only espresso has crema on the top, which is the oil of the coffee beans.

只有濃縮咖啡有一層薄薄的泡沫在上層,那是咖啡豆的油脂。

❧ **thick** *adj.* 濃郁的、厚實的

Espresso is thicker than other types of coffee, so don't drink too much.

濃縮咖啡比其他咖啡來得濃郁,所以不要喝太多。

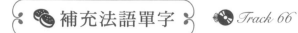 補充法語單字　　Track 66

✵ **expresso** 義式濃縮咖啡　英 espresso

唸法 X 胚搜

解釋 咖啡種類中最濃郁的咖啡，因為很濃郁，通常都很小杯。

✵ **caféine** 咖啡因　英 caffeine

唸法 嘎非印

解釋 中樞神經的興奮劑，存在於咖啡、茶和巧克力。

✵ **machine à expresso** 濃縮咖啡機　英 espresso machine

唸法 馬遜　阿 X　胚搜

解釋 一種專門製作 espresso 的機器。

✵ **bouillant** 沸騰的　英 boiling

唸法 不依用

解釋 指液體達到沸點的狀態，此單字常出現在食譜中。

part 1 甜點

❧ **pression** 壓力　英 pressure

唸法 ▶ 胚送

解釋 ▶ 可指物理上的壓力和人類心理上的壓力。

❧ **moulu** 磨碎的　英 ground

唸法 ▶ 牡綠

解釋 ▶ 磨碎的意思，café moulu 為咖啡粉的意思。

part 2 下午茶

❧ **crème** 咖啡油脂　英 crema

唸法 ▶ 可欸馬

解釋 ▶ 濃縮咖啡機萃取出的特有的白色泡沫，可看出豆子的新鮮度和油脂是否豐富。

❧ **épais** 濃郁的、厚實的　英 thick

唸法 ▶ 欸貝

解釋 ▶ 可以指東西的厚薄，也可以指飲料濃郁的意思。

UNIT *12*

Le Café Allongé 淡咖啡

主題介紹

Café Allongé 是法文，義大利文 Lungo 也是很常見的寫法，Allongé 有加長的意思，這和它的製作過程有關。它與 espresso 一樣，也是用濃縮咖啡機製成，但一般的 espresso 約花 30 秒萃取而成，而 Café Allongé 則延長至一分鐘，萃取出的咖啡量自然也增加了一倍，水量是 espresso 的兩倍；Café Allongé 又與美式咖啡不太一樣，淡咖啡是每一滴水都有留過咖啡粉，而美式咖啡是咖啡製成後又另外加水，味道比 Café Allongé 更淡。

🍒 前輩經驗巧巧說

　　Espresso 和 Café Allongé 雖然都是透過機器萃取而成，但因作業時間不同，所以不只是淡或濃的問題，兩杯的口感是完全不一樣的。如果你想突破花式咖啡，單純品嘗黑咖啡的香醇，初學者可以先從美式咖啡著手，如果適應得不錯，就可以循序漸進的嘗試淡咖啡，最後才是義式濃縮咖啡；如果你是開義式餐廳，菜單的設計又是為一般大眾設計，套餐的部分建議可以把 Espresso 換成 Café Allongé，Espresso 則為單點的模式，因為在台灣除非打賭輸了，應該不會有太多人主動點濃縮咖啡。

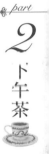

memo --▶

 英文字彙 　 🎵 *Track 67*

❧ **coffee bean** *n.* 咖啡豆

Coffee beans of the Arabica type are broadly considered to have the best flavor.
阿拉比卡咖啡豆廣大的被認為有很好的滋味。

❧ **pull** *v.* 煮、萃取

A Café Allongé usually takes one minute to pull.
一杯淡咖啡至少需要一分鐘來萃取。

❧ **millilitre** *n.* 毫升

One millilitre is one-thousandth of a litre.
一毫升是千分之一公升。

❧ **dose** *n.* 一份、一劑

I would like to have double doses of Gin in my Long Island cocktail.
我想要加兩倍的琴酒在我的長島冰茶裡面。

❧ shot *n.*　射擊、打針、一小杯（酒）

Don't drink that Absinthe shot. It will burn your throat.
不要喝那杯苦艾酒，他會灼傷你的喉嚨。

❧ Americano *n.*　美式咖啡

Before you try Espresso, you should try Americano first!
在你嘗試濃縮咖啡以前，你應該先試美式咖啡。

❧ Long Black *n.*　長黑咖啡

Long Black coffee is similar to Americano, but water is first put in the cup and then Espresso.
長黑咖啡類似於美式咖啡，只是它先把水放入杯中，再來才放濃縮咖啡。

❧ Short Black *n.*　短黑咖啡

Short Black is another name for Espresso because it takes not much time to make it.
短黑咖啡是濃縮咖啡的別名，因為它的製作時間不長。

補充法語單字 　　Track 68

grain de café 咖啡豆 　英 coffee bean
唸法 葛漢　的　嘎非
解釋 grain 為種子或豆類，此複合名詞為咖啡豆的意思。

---

faire 煮、萃取 　英 pull
唸法 費喝
解釋 法文不像英文特別對製作濃縮咖啡有專用的動詞，法文則用做這個動詞來形容。

---

millilitre 毫升 　英 millilitre
唸法 咪里里特
解釋 符號為 ml，為千分之一公升。

---

dose 一份、一劑 　英 dose
唸法 豆紫
解釋 與英文拼法相同，但需唸 Z 的音。

shot 射擊、打針、一小杯（酒） ㊧ shot

唸法 ㄒㄩㄚˋ特

解釋 此單字受英文影響為外來語，字典裡找不到，但在生活中很常聽見，通常形容一杯烈酒。

---

café américain 美式咖啡 ㊧ Americano

唸法 嘎非　阿沒 ㄏㄧ 敢

解釋 小寫 américain 為形容詞，大寫則為美國人的意思。

---

café long 長黑咖啡 ㊧ long black

唸法 嘎非　啈

解釋 是美式咖啡的兄弟，只是製作順序不同，先放入熱水再加咖啡，以保留較多泡沫。

---

café court 短黑咖啡 ㊧ Short Black

唸法 嘎非　故喝

解釋 因為濃縮咖啡的製作時間短，此為它的別名。

Le Cappuccino 卡布奇諾

 主題介紹

　　卡布奇諾的名稱由來要回溯到 1525 年，當時天主教的修道士都穿著褐色的大袍子，頭戴尖帽；當此文化傳到義大利時，當地人稱他們的服飾為 cappuccino，此字源自義大利文的頭巾（cappuccio）。因為卡布奇諾最上面那層為奶泡，尖尖的很像修道士的尖帽，故有此名。它與拿鐵最大差別就是多了一層奶泡，因為牛奶的比例比起拿鐵也比較少，所以喝起來咖啡味較濃郁。

🍒 前輩經驗巧巧說

　　卡布奇諾的奶泡、牛奶、咖啡比例為 1:1:1；拿鐵則沒有奶泡，牛奶與咖啡比例為 3:1，所以卡布奇諾的咖啡苦味較重，怎麼樣拿捏的剛好，讓卡布奇諾喝起來不苦卻還是喝得到咖啡香氣，這就要經過不斷的實驗，而不單單只是把牛奶打熱加入杯中而已，不只咖啡與牛奶的比例要對，奶泡要打的細緻也是一門功夫。筆者一直以來都不太敢點卡布奇諾，因為容易踩雷，很多時候苦味都搶了牛奶和奶泡的風采，咖啡應該是讓人陶醉的東西，讓人喝完頭暈目眩就不好了。

memo --►

❧ **milk foam** *n.*　奶泡（較粗糙）

Do you know you can make milk foam with a microwave?

你知道可以用微波爐製作奶泡嗎？

❧ **micro foam** *n.*　奶泡（較細緻）

There are some tips for making perfect micro foam which I learned from my teacher.

老師有教我一些製作出完美奶泡的要領。

❧ **volume** *n.*　份量

A cup of cappuccino is typically smaller in volume than a café au lait.

一杯卡布奇諾正常來說比咖啡歐蕾份量來得少。

❧ **friar** *n.*　修道士

Some people knew they will be a friar when they were young. No one forced them.

有些人小時候就知道他想當修道士了。沒人逼他們。

❧ **hooded robe** *n.*　連帽斗篷

I need a hooded robe on Halloween because this year I am going to be Voldemort!
萬聖節我需要一件連帽斗篷，因為今年我要扮彿地魔！

❧ **compose** *v.*　組成

A cappuccino is composed of espresso, hot milk, and milk foam.
卡布奇諾是由濃縮咖啡、熱牛奶和奶泡組成的。

❧ **steam wand** *n.*　蒸氣棒

Your steam wand is not broken. It's just too dirty.
你們的蒸氣棒沒有壞掉，它只是太髒了。

❧ **velvety** *adj.*　柔軟的

She spent thirty thousand dollars buying skin care products because she wanted to have velvety skin like a baby.
她花了三萬元買護膚產品，因為她想擁有如嬰兒般的柔軟肌膚。

補充法語單字 *Track 70*

❧ cappuccino 卡布奇諾 英 cappuccino

唸法 卡布奇諾

解釋 因為是由義大利文來的,所以外來語英法文都一樣喔!

❧ mousse de lait 奶泡 英 milk foam

唸法 慕斯 的 類

解釋 mousse 是慕斯,lait 是牛奶,直翻就是「牛奶做成的慕斯」,也就是奶泡。

❧ volume 分量 英 volume

唸法 否綠麼

解釋 通常指音量,這邊則是分量的意思。

❧ frère 修道士 英 friar

唸法 費喝

解釋 frère 一般用來指哥哥或弟弟,這邊指宗教裡的修士。

✿ robe à capuche 連帽斗篷 Ⓔ hooded robe

唸法▸ 後ㄅ　阿　卡不許

解釋▸ 指長版連身斗篷，為古代修士的衣服。

✿ composer 組成 Ⓔ compose

唸法▸ 共波賊

解釋▸ 為動詞，任何物質的組成都可以使用 composer。

✿ busette du mousseur 蒸氣棒 Ⓔ steam wand

唸法▸ ㄅㄩ 謝忒　賭　梟古喝

解釋▸ 指自動咖啡機旁邊的棒子，利用高溫蒸氣把空氣打入牛奶，形成奶泡。

✿ velouté 柔軟的 Ⓔ velvety

唸法▸ ㄈㄜ嚕跌

解釋▸ 指很柔軟的東西，羽毛、肌膚，甚至形容奶泡很柔軟細緻時，也可以用這個字！

Mocha 摩卡咖啡

 主題介紹

　　有個在葉門的小鎮「摩卡」，由於那邊產的咖啡豆偏巧克力色，有種讓人咖啡、巧克力傻傻分不清楚的錯覺，現在摩卡咖啡可以只用摩卡豆磨成的黑咖啡或指加了巧克力的咖啡。它的成分通常是濃縮咖啡和奶泡，再加少許的巧克力醬或巧克力粉，最後在上面擠上鮮奶油、棉花糖、可可粉裝飾。它的別名叫做「摩卡奇諾」，另外還有用黑、白巧克力糖漿混和製成的，稱為「斑馬」或「燕尾服咖啡」。

❖ 🍒 前輩經驗巧巧說 ❖

　　摩卡好喝的關鍵在於巧克力，一般外面的幾乎都是在拿鐵的底部加上巧克力醬，但個人認為喝起來有種廉價感。最喜歡的配方還是三分之一的濃縮咖啡，三分之二的熱巧克力在加上鮮奶油，最後取一點巧克力磚，隔水加熱後當作巧克力糖漿淋一點在鮮奶油上。或許聽起來很甜，其實不然，因為熱巧克力是用黑巧克力製作，會苦中帶甜，甜而不膩。有些人跟我一樣不喜歡外面賣的摩卡，其實有時候自己動手做，你才能做出屬於自己喜歡的味道，或許你會對摩卡改觀喔！

memo - ▶

 英文字彙   *Track 71*

mocha *n.* 摩卡

Mocha is like a Latte, but with added chocolate.
摩卡跟拿鐵很相似，但是多加了巧克力在裡面。

---

mocaccino *n.* 摩卡奇諾

Mocaccino is another name for Mocha in Italian.
摩卡奇諾是摩卡的義大利文別名。

---

cocoa powder *n.* 可可粉

The cook sprinkles some cocoa powder on the top of Tiramisu.
那位廚師在提拉米蘇上面灑了一點可可粉。

---

chocolate syrup *n.* 巧克力糖漿

The last step is optional; you could decorate your ice cream with chocolate syrup.
最後一個步驟不是必需的，你可以用巧克力糖漿來裝飾你的冰淇淋。

❧ **milk froth** *n.* 奶泡

Nowadays, you can make milk froth in less than one minute with a Milk Frother.

現今，我們可以利用奶泡機製作奶泡，不到一分鐘就完成一大壺了。

❧ **marshmallow** *n.* 棉花糖

When I was in KY, we roasted marshmallows by the bonfire every Saturday night.

當我在肯德基州的時候，我們每週六晚上都會在營火旁邊烤棉花糖。

❧ **tuxedo** *n.* 燕尾服

Everyone has to wear a dark suit or tuxedo in this competition.

在這個比賽中每個人都必須穿著深色西裝或燕尾服。

❧ **zebra** *n.* 斑馬

Do not jaywalk. Please take the zebra crossing when you cross the street.

請勿隨意穿越馬路，過馬路時應走斑馬線。

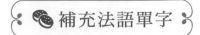 補充法語單字　🎵 *Track 72*

❧ **mocha 摩卡** 🇬🇧 mocha

唸法▶ 摸卡

解釋▶ 一種類似拿鐵但另外加入巧克力的咖啡系列飲品。

❧ **mocaccino 摩卡奇諾** 🇬🇧 mocaccino

唸法▶ 摸卡奇諾

解釋▶ 為摩卡的別名。

❧ **poudre de cacao 可可粉** 🇬🇧 cocoa powder

唸法▶ 不的喝　的　咖咖歐

解釋▶ 可可豆經發酵、去皮等程序製作而成的，與甜點一起
吃有解膩的作用。

❧ **sirop de chocolate 巧克力糖漿** 🇬🇧 chocolate syrup

唸法▶ 西吼　的　秀勾拉

解釋▶ 為巧克力口味的糖漿，常搭配鮮奶油或冰淇淋食用。

❀ **mousse de lait 奶泡**　英 milk froth

唸法▶ 慕斯　的　類

解釋▶ 這種奶泡與蒸氣奶泡相比較粗糙，蒸氣奶泡喝起來較
　　　細緻。

❀ **barbe à papa 棉花糖**　英 cotton candy

唸法▶ 爸喝ㄅ　阿　爸爸

解釋▶ 直譯為「爸爸的鬍子」，因為棉花糖本來就長得很像
　　　爸爸的大鬍子啊！

❀ **smoking 燕尾服**　英 tuxedo

唸法▶ 斯摸　ㄎㄧㄥ

解釋▶ 燕尾服也有另一個名稱為 queue-de-pie（葛的
　　　比）。

❀ **zèbre 斑馬**　英 zebra

唸法▶ ㄙㄟˋ ㄅ 喝

解釋▶ 一種黑白條紋的動物，也有形容怪人的意思。

UNIT *15*

Café Blue Mountain
藍山咖啡

　　位於牙買加的藍山是西加勒比海上最高的山，1969 年，藍山咖啡豆因颶風的關係而產量不佳，日本 UCC 提供救援並教導他們新的種植方法。為報答日本的幫助，牙買加只將年產量的一成釋放到其他國家販售，其餘都給日本。因此純正的藍山咖啡在市面上很難買到，也奠定了藍山咖啡在市場上的地位，成為世界上最受歡迎的咖啡豆之一。藍山咖啡烘焙較需要技巧，因為要讓咖啡喝起來味道微酸，苦澀味少，烘焙師的火候與時間的掌握十分重要。

🍒 前輩經驗巧巧說

　　藍山咖啡適合用中烘焙的方式烘焙，可使咖啡豆的表面附有油脂，使咖啡的酸、苦與回甘的味道更加分明；如果你對咖啡烘焙有研究的話，中烘焙的藍山可以讓你充分發揮烘焙技術，因為火候與時間的掌握是不容易的。

　　市面上正統的藍山咖啡產量很少，價格又高，所以一般市面上常看到的都是「藍山式」咖啡，它其實是品質較好的哥倫比亞豆和其他產地的豆了混合，刻意模仿出藍山的味道，如果想要品嘗一下超級的藍山咖啡，買之前記得問仔細，以免喝到哥倫比亞豆都不知道呢！

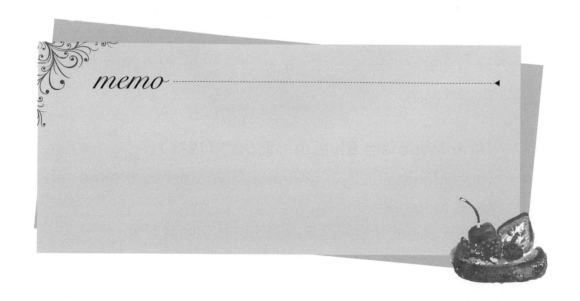

memo --◀

 **英文字彙** Track 73

❧ **formula** *n.* 配方

The Coca-Cola formula is confidential. Only the chef of the company knows this secret recipe.
可口可樂的配方是最高機密，只有公司的總裁知道這個祕密食譜。

❧ **city roast** *n.* 中深度烘焙

The suitable way to roast café Blue Mountains is city roast.
藍山咖啡豆最適合用中深度烘焙。

❧ **sought-after** *adj.* 受歡迎的

Apple's products have many user-friendly designs that make them become a sought-after brand in the world.
蘋果的產品有許多人性化的設計，這讓它成為世界上很受歡迎的品牌。

❧ **Blue Mountain Style** *n.* 藍山式（咖啡）

Blue Mountain Style coffee's flavor tastes like the real Blue Mountain coffee.
藍山式咖啡的味道喝起來跟真正的藍山咖啡很像。

♣ **mild** *adj.* **溫和的**

Ecuador has a mild climate all year around. It's a great place for vacation.

厄瓜多整年都有著宜人的天氣，是一個很適合度假的地方。

♣ **reputation** *n.* **名聲**

Our school principal has a great reputation of being a good leader.

我們的校長是一位傑出的領導者，他有很好的名聲。

♣ **Jamaica** *n.* **牙買加**

Do you know Jamaica is an island country in the Caribbean Sea?

你知道牙買加是一個坐落於加勒比海上的島國嗎？

♣ **output** *n.* **產量**

The 90 percent output of Café Blue Mountain sells to Japan.

藍山咖啡百分之九十的產量都賣到日本了。

❦ 補充法語單字 ❦ 🎵 *Track 74*

❦ Café des Blue Mountain 藍山咖啡 ⑳ Blue Mountain Coffee

- **唸法▶** 嘎非 ㄅㄟ ㄅ樂 貓藤
- **解釋▶** 牙買加的藍山上種植出來的咖啡豆，產量少非常稀有。

❦ formula 配方 ⑳ formula

- **唸法▶** ㄈㄡ 姆拉
- **解釋▶** 指食物或飲料的食譜或配方，名詞為 formulation （ㄈㄡ 姆拉兒）。

❦ moyennement poussée 中深度烘焙 ⑳ city roast

- **唸法▶** ㄇㄨㄚ 驗呢夢 晡謝
- **解釋▶** 烘焙程度分成八種，中深度烘焙是指比中烘焙深一點。

❦ doux 溫和 ⑳ mild

- **唸法▶** 度
- **解釋▶** 這邊是形容口味、味道很溫和，不刺激。

❧ **réputation 名聲** 英 reputation

唸法▶ 黑 ㄅㄩ 搭兄

解釋▶ 一家公司或人的形象，還有別人對人的評價。

❧ **recherché 受歡迎的** 英 sought-after

唸法▶ 喝學喝學

解釋▶ 動詞可當找資料的意思，這裡是被動當形容詞。

❧ **production 產量** 英 output, production

唸法▶ 波嘟可兄

解釋▶ 通常指農產品的產量，亦可以指其他的事。

❧ **Jamaïque 牙買加** 英 Jamaica

唸法▶ 賈嗎依ㄎ

解釋▶ 牙買加是位於加勒比海上的一個島國。

UNIT 16

Café Colombien
哥倫比亞咖啡

 主題介紹

　　哥倫比亞咖啡是阿拉比卡咖啡中最具代表性的品種，屬於重烘焙系列的咖啡，酸中帶甘，苦味適中，是高級綜合咖啡豆的常客，哥倫比亞咖啡還有一個很美的別名「翡翠咖啡」，因為它的外觀顆粒圓潤，質量重，沖煮出來的咖啡色澤有如祖母翡翠那樣清澈；哥倫比亞人對咖啡品質要求非常高；舉例來說，所有進入該國的車輛必須噴霧消毒，以免無意中帶來疾病，損害咖啡樹，2011 年被聯合國教科文組織選為世界遺產：「哥倫比亞咖啡文化景觀」。

♫ 前輩經驗巧巧說

　　哥倫比亞咖啡的味道分配的剛剛好，一杯咖啡裡同時能喝到酸、苦、甜的味道。它獨特厚實的香味，很短的時間便佔據你的味蕾、你的思維，瞬間把你從現實生活中抽離。忙碌的一天中，應該要找一小段時刻，好好品嘗一杯哥倫比亞咖啡，有時候我們不是為了提神，而是咖啡所帶給我們的片刻寧靜。它是重烘焙豆，建議使用低溫沖泡，水的溫度介於 83-87 之間才能把它的潛力完全發揮出來喔！

part
1
甜
點

part
2
下
午
茶

memo ·····························▶

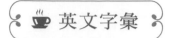 英文字彙 *Track 75*

Colombia *n.* 哥倫比亞

Colombia is the second largest coffee producing country in the world.
哥倫比亞是全世界第二大的咖啡生產國。

Arabica *n.* 阿拉比卡

Arabica bean is a species of coffee which has the smallest fruit compared with other species.
阿拉比卡種跟別的種類比起來，它的果實是最小顆的。

---

represent *v.* 代表

Our CEO is currently abroad on a business trip, so I represent him in this meeting.
我們的董事長出差，今天的會議由我代表他出席。

---

balanced *adj.* 均衡

Colombians are very proud of their balanced Colombia coffee beans.
哥倫比亞人對他們均衡飽滿的哥倫比亞咖啡豆非常驕傲。

UNESCO *n.* 聯合國教科文組織(United Nations Educational, Scientific and Cultural Organization)

Niagara Falls was listed on the UNESCO World

Heritage List in 1990.
尼加拉瓜大瀑布於 1990 年時被聯合國教科文組織選為世
界遺產之一。

🍃 **landscape** *n.* 景觀

Holland's landscape is mainly flat. It's a great place
for cycling.
荷蘭的地勢幾乎都是平坦的，是一個騎單車的好地方。

🍃 **coffee culture** *n.* 咖啡文化

Coffee culture describes a social behavior of a place
which depends a lot on coffee.
咖啡文化是一個地方依賴咖啡的社交行為。

🍃 **coffea** *n.* 咖啡屬

In 1790, coffea begins to spread all over the country
of Colombia.
1790 年，咖啡開始散佈到哥倫比亞境內。

🍃 **dark roast** *adj.* 重烘焙

Dark roast coffee beans taste more bitter than light
roast beans.
重烘焙咖啡豆喝起來比輕烘焙咖啡豆來得苦。

╭─ 補充法語單字 ─╮　　　Track 76

❦ Colombie 哥倫比亞　英 Colombia

> 唸法 ▶ 溝龍比
> 解釋 ▶ 位於南美洲西北部，世界第二大的咖啡生產國。

❦ caféiculture 咖啡加工　英 coffee production

> 唸法 ▶ 嘎非以估 ㄅㄩ 喝
> 解釋 ▶ 把咖啡果轉換成咖啡豆的過程。

❦ caféiers 咖啡樹　英 coffea

> 唸法 ▶ 嘎非以耶喝
> 解釋 ▶ 產生咖啡果的植物，原產於非洲。

❦ Arabica 阿拉比卡　英 Arabica

> 唸法 ▶ 阿哈比卡
> 解釋 ▶ 常見的單字組合為 caféier d'Arabie，指阿拉比卡咖啡，又稱小果咖啡。

❦ **représenter** 代表 　⑨ represent

[唸法] 喝被送爹

[解釋] 動詞，用來形容 A 代表 B 時，所使用的動詞。

❦ **equilibré** 均衡的 　⑨ balanced

[唸法] 欸 ㄅㄧ 力陪

[解釋] 為 equilibrer 的過去分詞，這邊為形容咖啡豆外表很
均衡的意思。

❦ **UNESCO** 聯合國教科文組織 　⑨ UNESCO

[唸法] U 內司溝

[解釋] 此字為英文簡寫，法文完整名稱為：Organisation
des Nations unies pour l'éducation, la science
et la culture（歐喝嘎泥ㄙㄟ兄 ㄅㄟ 哪兄 u 泥 不喝
咧ㄅㄩ嘎兄 拉 送斯 ㄝ 拉 ㄅㄩ特喝）。

❦ **paysage** 景觀 　⑨ landscape

[唸法] 被一灑舉

[解釋] 是景觀籠統的說法，泛指一大片的風景。

Café Charbon 炭燒咖啡

 主題介紹

　　炭燒咖啡（Café Charbon）也被尊稱為全世界最苦的咖啡，當初是由日本人發明的，日本境內並沒有生產咖啡，為了把進口的咖啡豆加入一點日本色彩，日本人想到用炭火或用特殊木材來烘焙咖啡，創造出無酸、極苦卻帶甘醇的炭燒咖啡；大家普遍認為咖啡苦代表就是重烘焙咖啡，其實炭燒咖啡為了保存豆子的木材香，不能長時間烘烤，所以炭燒咖啡為淺焙咖啡豆。

♨ 前輩經驗巧巧說

　　這篇我想先說一下日本人的精神，雖然日本沒有產咖啡，但因為日本人對咖啡有熱忱，他們就創造了一種新的烘焙方式，且把炭燒咖啡冠上日本品牌。我認為日本民族這方面的思維非常有趣，要發明新的烘焙方式，他必須精通現有的烘焙方式再加以改良，才有現在的炭燒咖啡，那我們可以對某種事物感興趣到一個程度，甚至可以發明出一個屬於自己的東西嗎？光堅持並執著於自己想做的事，就已經很難了，還要再發明出一個新的方式，我想這是我們必須學習的，是否也能發明出屬於我們台灣特有的咖啡呢？炭燒咖啡是用於蒸氣加壓咖啡或與其他豆類混合，創造出新的咖啡香氣。

memo ······················▶

 英文字彙　Track 77

carbon *n.* 木炭

Carbon fiber bikes are lighter than traditional bikes. They're easier to ride.
碳纖維腳踏車比傳統腳踏車輕，騎起來更省力。

spirit *n.* 精神

My father will not always be by my side, but his spirit will.
我的父親不可能永遠和我在一起，但是他的精神可以與我同在。

produce *v.* 生產

The mobile is produced in China.
這支手機在中國生產。

import *v.* 進口

We have two kinds of kiwis. One is planted in Taiwan. The other is imported from New Zealand.
我們有兩種奇異果，一種是台灣種植，另一種是紐西蘭進口的。

❧ **light roast** *n.* 淺烘焙

Please give me 1kg of light roast coffee beans, thank you.

請給我一公斤的淺烘焙咖啡豆，謝謝。

❧ **Italian roast** *n.* 義大利烘焙豆

Italian roast is the dark roasting coffee bean common in Italy.

義大利烘焙豆是在義大利很有名的重烘焙咖啡豆。

❧ **passion** *n.* 熱忱

My diving coach has a passion for fish. He dives into the sea to see them twice a day.

我的潛水教練對魚非常熱愛，他每天都下水兩次去看牠們。

❧ **persistent** *adj.* 堅持的、持續的

Every year during the rainy season, persistent rain goes on almost a whole month.

每年到了雨季，一整個月都會持續下著雨。

 補充法語單字　 Track 78

carbone 碳　 ⊗ carbon

唸法 嘎喝蹦

解釋 化學元素。木炭則為charbon（噓阿蹦），為木材燃燒不完全的產物。

esprit 精神　 ⊗ spirit

唸法 欸斯匹

解釋 形容一個人的精神或是一個企業的精神指標，都是用 esprit 喔！

produire 生產　 ⊗ produce

唸法 波 ㄅㄩ 喝

解釋 此為不規則變化的動詞，動詞變化要稍微背一下喔！

importer 進口　 ⊗ import

唸法 案波爹

解釋 進口為從別的國家來的，名詞為 importation（案波搭兄）。

❧ **légère** 淺烘焙　英 light roast

唸法▸ 累解喝

解釋▸ 淺烘焙為第一階段的烘焙，烘焙程度後面還分有七個
階段。

❧ **très poussée** 重烘焙　英 Italian roast

唸法▸ ㄊㄟˋ　ㄆㄥㄟˋ

解釋▸ 此為最後一個階段的烘焙法，顏色最深，味道最苦也
最沒酸味。

❧ **passion** 熱忱　英 passion

唸法▸ 八兄

解釋▸ 對某種事物有特殊的感情，就算累也會堅持下去，形
容詞為 passionné。

❧ **persistant** 堅持的　英 persistent

唸法▸ 背喝西司動

解釋▸ 指人堅持不懈，常用於自傳中的自我介紹內文中。

UNIT 18

Le Brésil Santos
巴西聖多斯咖啡

主題介紹

　　全世界約 1/3 的咖啡豆由巴西重要港口－聖多斯（Santos）輸出，此咖啡的名子也用港口的名稱命名為巴西聖多斯咖啡；採用日曬法，外觀顆粒較大，呈現淡綠色或淡黃色，味道溫和，酸苦適中，但因它有特殊的果實及肉荳蔻的香氣，單品不被大家喜愛，所以巴西聖多斯咖啡豆常被用來與其他咖啡豆混合，最受大家喜愛的則是用巴西和曼特寧各半的比例調製而成的曼巴咖啡。

♫ 前輩經驗巧巧說

　　此咖啡適合淺烘焙或中烘焙，味道屬中性，帶有乾果清香、肉桂及泥土的香氣，第一口喝下去是溫和風味，接著酸味慢慢在口中擴散開來，最後喉韻會有一點點的苦味，這就是單品巴西聖多斯咖啡的味道。這類咖啡以瑕疵程度分級，二號到八號，一號為零瑕疵，但這種豆子並不存在，所以最高等級巴西豆為二號豆，是用篩網來分類的。淺烘焙的豆子建議使用高溫（約 90 度）慢速沖泡，如選購中烘焙建議用中溫（約 88度）沖泡，不同溫度會使豆子呈現出不同的味道，可以自行嘗試出自己最喜歡的味道。

memo

 英文字彙 Track 79

❧ **coffee maker** *n.* 咖啡機

There are Italian and American-style coffee makers in the world.
世界上分成義式及美式兩種咖啡機。

❧ **Brazil** *n.* 巴西

The national sport of Brazil is soccer which is the most popular sport.
巴西最具代表性的運動是足球，那是他們國家最受歡迎的運動。

❧ **port** *n.* 港口

There were thousands of boats docked in the port last week.
上週港口內停了上千艘船。

❧ **export** *v.* 出口

Because our consumption is increasing, the export trade is significantly decreasing.
由於我們國家的消費能力上升，出口貿易量正在明顯減少。

❧ **dry process** *n.* 日曬法

Dry process is the most traditional way of processing coffee.

日曬法是一種最傳統的咖啡加工方法。

❧ **nutmeg** *n.* 肉荳蔻

Nutmeg is used in various dishes, especially in Southeast Asia.

很多菜餚都看得到肉荳蔻的蹤跡,特別是東南亞的菜餚。

❧ **mambo coffee** *n.* 曼巴咖啡

Please add 3 spoon full of sugar and milk to my mambo coffee, thank you.

請在我的曼巴咖啡裡加三湯匙的糖與鮮奶,謝謝。

❧ **sieve** *n.* 篩

There is an online video which teaches you how to sift flour without a sieve.

網路上有一段影片教導你如何在沒有篩網的情況下過篩麵粉。

補充法語單字　　*Track 80*

cafetière 咖啡機　英 coffee maker

唸法▶ 嘎夫踢耶喝

解釋▶ 所有用來製作咖啡的機器，都可稱作為 cafetière。

Brésil 巴西　英 Brazil

唸法▶ 北 Z 了

解釋▶ 巴西為拉丁美洲上領土最大，也是大量種植咖啡的國家。

---

port 港口　英 port

唸法▶ 波喝

解釋▶ 法英拼法一樣，但注意法文中的結尾 T 不發音喔！

---

exporter 出口　英 export

唸法▶ X 波爹

解釋▶ 把國產的東西銷售到其他國家。

part **1** 甜點

❦ séchage au soleil 日曬法　英 dry process

唸法▸ ㄙㄟ 下舉　歐　搜咧以

解釋▸ 最傳統處理咖啡豆的方法，將咖啡果實放在陽光下曝曬，讓外殼變硬後再脫殼。

❦ noix de muscade 肉荳蔻　英 nutmeg

唸法▸ ㄋㄨㄚˋ　的　ㄇㄩ 司嘎的

解釋▸ 一種會使中樞神經興奮的香料，常用於佳餚中提味。

---

part **2** 下午茶

❦ Café Mambo 曼巴咖啡　英 mambo coffee

唸法▸ 嘎非　漫波

解釋▸ 巴西咖啡與曼特寧咖啡用一比一的比例調成的混合咖啡。

❦ tamis 篩　英 sieve

唸法▸ 搭米

解釋▸ 一種充滿小洞的網子，依照洞大小的不同來過濾東西。

Café Hawaïen 夏威夷咖啡

 主題介紹

1828 年，由 Ruggles 首次把巴西咖啡樹引進夏威夷，可娜咖啡為夏威夷最傳統且最有名的咖啡豆，種植於夏威夷可娜區的火山地形上，火山灰土壤也提供了咖啡樹很好的礦物質，也屬於阿拉比卡咖啡樹的一員，咖啡果也屬核果，需使用日曬及水洗法來加工，它宣稱有最完美咖啡豆外表，圓潤、光滑並帶有葡萄酒的酸味和熱帶風味是它最大的特色，但是因為它的產量少不易購買，且以小規模加工營運，價格不斐。

⚓ 前輩經驗巧巧說

　　夏威夷可娜最適合的烘焙程度是輕度到中度烘焙，磨成粉後使用高溫（87-92 度）沖泡，因為溫度越高使苦味越鮮明，而低溫則是使酸度增加，可娜咖啡有紅酒的色澤，且帶有柑橘及水果的風味，再配上些許的蔗糖香氣，十分特殊，所以建議用低溫沖泡使酸味更明顯，才能嚐到可娜真正的魅力。因為可娜產量不高，市面上常常會販售可娜混合豆，那並不是混合不同地區的夏威夷咖啡，而是把哥倫比亞及巴西咖啡混合在一起販售，通常是一成的可娜豆，九成的廉價進口豆，所以想喝純的夏威夷可娜購買時眼睛要睜大挑選。

part

1

甜
點

part

2

下
午
茶

memo ───────────────────────────────▶

 英文字彙　🎵 Track 81

❧ Hawaii *n.* 夏威夷

My friend Molly immigrated to Hawaii with her family when she was 10 years old.

我的朋友茉莉，在她十歲時和她的家人移民到夏威夷。

❧ Kona *n.* 可娜

Kona is a district in the western part of the Big Island of Hawaii.

可娜是夏威夷大島西邊的一個區。

❧ wet process *n.* 水洗法

Although wet process has less shortage than dry process, it's more complicated.

雖然水洗法的缺點比日曬法少，但是做起來較複雜。

❧ drupe *n.* 核果

Many flowering plants produce drupes, such as mango.

很多開花植物都產核果，例如：芒果。

❧ **decortication** *n.* 去皮

During the coffee processing, decortication is one of the necessary steps.

咖啡加工過程中，去皮是一個很必要的步驟。

❧ **slope** *n.* 斜坡

Everyone was shocked after seeing a baby carriage sliding down a steep slope.

所有人都被一個滑下陡坡的嬰兒車嚇呆了。

❧ **volcano** *n.* 火山

I live at the foot of the Tatun volcano. I hope it won't erupt in the near future.

我住在大屯火山的山腳下。希望它近期內不會爆發。

❧ **mineral** *n.* 礦物質

The mountain's spring water is rich in minerals, and it's good for our health.

山上的山泉水富有豐富的礦物質，對人體有益。

補充法語單字　　Track 82

Hawaï 夏威夷　英 Hawaii
唸法▶ 阿哇以
解釋▶ 美國咖啡的唯一產地，也被稱為三明治群島。

nettoyage 水洗法　英 wet process
唸法▶ 內 ㄊㄨㄚ 呀舉
解釋▶ 利用酵素把果肉溶解，再使用大量清水清洗的咖啡加工法。

drupe 核果　英 drupe
唸法▶ 的 ㄏㄩㄆ
解釋▶ 果實的一種，許多核果都為水果可食用，包括櫻桃、棗子等。

décorticage 去皮　英 decortication
唸法▶ 爹溝喝替嘎舉
解釋▶ 把外層的果肉去除，是咖啡加工法的其中一個重要步驟。

❧ **Kona 可娜** 英 Kona

唸法▸ 摳那

解釋▸ 夏威夷大島的西邊專門生產咖啡豆的地區，此區又分
成南、北兩區。

❧ **pente 斜坡** 英 slope

唸法▸ 蹦特

解釋▸ 指傾斜的角度或是有斜度的山坡地形。

❧ **volcan 火山** 英 volcano

唸法▸ 合ㄏ共

解釋▸ 火山是裡面有高溫岩漿的地形結構，一旦爆發是一種
很嚴重的自然災害。

❧ **minéral 礦物質** 英 mineral

唸法▸ 咪內哈了

解釋▸ 所有生物必需的微量元素，可透過食物及水補充。

UNIT 20

Café Blanc 白咖啡

主題介紹

　　白咖啡（Café Blanc）又名：怡保白咖啡，起源自馬來西亞怡保市，當地傳說於 19 世紀，有位吳姓礦工研發出只用棕梠油炒咖啡豆，顏色比一般烘焙咖啡豆淺很多，所以稱之為白咖啡；另一種名稱由來則是它在烘焙過程中沒有加入其他物質，很純淨的咖啡，因此稱為白咖啡；最後一種說法則是因為最後加入煉乳調味，咖啡顏色偏白，故得此名。也因為它簡單的烘焙過程，讓白咖啡不傷脾胃，咖啡因含量低，廣受大家青睞。

❧ 前輩經驗巧巧說 ❧

怡保白咖啡製作方法是咖啡泡好後，再加上奶精或煉乳調配而成的，但市售的白咖啡多以即溶咖啡的形式出現，這意味著味道與甜度都已經配好，不能更改，雖然符合大部份人的口味和現代人需要的即時性，但也了無新意。

筆者建議還是自己從頭開始吧，找一家自己信賴的咖啡豆廠商，確定他們的白咖啡豆在烘焙過程中遵循古法，無添加其他物質，在自己加入煉乳或奶精，比例依自己的喜好自行調整，因為我們不常喝到，可以招待給客人喝，請它們試喝並給建議，慢慢地調軽，到大部份的人都可以接受的味道後，就可以加入 menu 中囉！

 英文字彙　Track 83

❧ white coffee n. 白咖啡

I heard that you are going to Malaysia next week. Could you buy some white coffee for me?

我聽說你下禮拜要去馬來西亞，可以幫我買一些白咖啡嗎？

❧ drink n. 飲品

Cathy always has a drink by the side of her plate while she is having dinner.

每當凱西吃晚餐時，她的餐盤旁一定會有一杯飲料。

❧ palm oil n. 棕櫚油

You can use palm oil not only for cooking, but also for making soap.

棕櫚油不只可以拿來煮飯，也可以做肥皂的原料。

❧ margarine n. 乳瑪琳

Do you think butter is healthier than margarine?

你覺得奶油比乳瑪琳健康嗎？

✎ **miner** *n.* 礦工

Being a miner is a well-paid job, but it is a dangerous job as well.

礦工是一個高薪的工作，但是危險性也相對較高。

✎ **color** *n.* 顏色

Your eyes are two different colors. It's very unusual.

你的眼睛有兩個顏色。非常難得一見。

✎ **Malaysia** *n.* 馬來西亞

Malaysia is near the Equator, so there's no winter at all.

馬來西亞靠近赤道，所以可以説是完全沒冬天。

✎ **instant** *adj.* 即時的

Most of the White coffee is purchasable in an instant version.

大部分的白咖啡都很容易買到即溶版本。

補充法語單字　🔊 *Track 84*

café blanc　白咖啡　英 white coffee

唸法▶ 嘎非 不龍

解釋▶ 源自馬來西亞，因加入煉乳使咖啡變白而得其名。

---

huile de palme　棕櫚油　英 palm oil

唸法▶ 淤了　的　罷了麼

解釋▶ 使用油棕的果實萃取出來的植物油。

---

margarine　乳瑪琳　英 margarine

唸法▶ 媽喝嘎應呢

解釋▶ 當時為戰爭設計的一種人造奶油，為牛油的替代品。

---

mineur　礦工　英 miner

唸法▶ 咪呢喝

解釋▶ 專門在地底下採集礦石的人。因地底有沼氣，吸入會致命，屬危險性高的工作。

❧ **couleur 顏色** 英 color

唸法▶ 估樂喝

解釋▶ 色彩透過眼睛與腦部產生的一種對光的視覺效應。

❧ **Malaisie 馬來西亞** 英 Malaysia

唸法▶ 媽咧 C

解釋▶ 位於東南亞的國家,簡稱大馬。

❧ **instantané 即時的** 英 instant

唸法▶ 安思動搭內

解釋▶ 指時間很短,如泡麵為 nouilles instantanées(ㄋ
淤耶安思動搭內),就是用這個形容詞。

❧ **prix 價錢、單價** 英 price

唸法▶ 關

釋義▶ prix 的 x 不發音,如果能發出喉音就更標準囉!

UNIT 21

Café Viennois 維也納咖啡

　　維也納咖啡是奧地利最有名的咖啡，因為以前有很多馬車，當時的馬車夫都要邊控制馬，邊喝咖啡，咖啡可能一半以上都灑出去了；後來有一位聰明的馬車夫—舒伯納想到，在黑咖啡上擠上鮮奶油，這樣就不容易灑出去而且還有保溫功能。這造福了當時的馬車夫。維也納咖啡原文是 Einspanner，ein 在德文是一的意思，spanner 是指韁繩，意思就是一手拿韁繩，一手拿咖啡的意思，很有趣吧！

🍒 前輩經驗巧巧說

　　維也納咖啡要如何製作呢？先在杯底放上一層砂糖，在加上兩份的義式濃縮咖啡，最後在擠上鮮奶油，因為都有鮮奶油，維也納咖啡喝起來有點類似摩卡咖啡。品嚐維也納咖啡的技巧就是，不能攪拌咖啡，享受杯中的三段美味，先喝到冰涼的鮮奶油，再來是濃純黑咖啡，最後會有半熔化的糖（或巧克力糖漿）在底下給你一個甜美的結尾。非常適合休假時，與另一半或好朋友一起喝的咖啡，此款咖啡熱量較高，請斟酌飲用。維也納咖啡偏甜，可以佐一片蜜漬橙皮或檸檬在旁邊，有解膩的效果。

memo ---▶

 英文字彙　　📀 *Track 85*

⌘ **Vienna** *n.*　維也納

Peter is good at playing the violin. He will go to Vienna for his next music competition.

彼得很會拉小提琴，他將會去維也納參加下一場音樂大賽。

⌘ **Austria** *n.*　奧地利

We are going to Austria for ten days, not Australia!

我們是要去奧地利旅行十天，不是澳洲！

⌘ **carriage** *n.*　馬車

Jessie wants so much to take a carriage to school after she watched Cinderella.

當潔西看完灰姑娘的故事後，她就非常想坐馬車去學校。

⌘ **spill** *v.*　潑灑

Is your laptop waterproof? I spilled my coffee on it by mistake, but it is still working!

你的電腦防水嗎？因為我不小心把咖啡潑到上面，它竟然還可以用！

❧ **insulate** *v.* 保溫、隔離

The whipped cream insulates the coffee from cold air.
鮮奶油把咖啡與冷空氣隔離了。

❧ **rein** *n.* 韁繩

If you want your horse to go to the left, pull on the left rein.
如果你想要你的馬往左走，你就要拉左邊的韁繩。

❧ **stir** *v.* 攪拌

Add spices, and stir until all the meat is coated evenly with them.
把香料加進去，持續攪拌直到所有的肉都均勻地裹上香料。

❧ **calorie** *n.* 熱量

A female adult should eat around 1600 calories per day.
一個成年女性一天大約要攝取 1600 卡的熱量。

補充法語單字　　🎵 Track 86

❦ **Vienne 維也納** Ⓔ Vienna

唸法 ➤ V 煙 呢

解釋 ➤ 為奧地利的首都，以古典音樂著名，又稱音樂之都。

❦ **Autriche 奧地利** Ⓔ Austria

唸法 ➤ 歐替許

解釋 ➤ 位於歐洲中部，與許多國家相聯。

❦ **voiture à cheval 馬車** Ⓔ carriage

唸法 ➤ ㄈㄨㄚㄉㄩ喝 阿 靴發了

解釋 ➤ 一種兩輪或四輪的小車，馬在前面拉產生動力。

❦ **renverser 潑灑** Ⓔ spill

唸法 ➤ 轟妃喝 ㄙㄟˋ

解釋 ➤ 指東西從容器裡潑灑出來，此單字也有翻轉的意思。

❧ **isoler 保溫、隔離** 英 insulate

唸法 一搜累

解釋 有隔絕外面的事物的意思，保溫瓶的法文則是 thermos（ㄉㄟ喝摸思）。

❧ **rêne 韁繩** 英 rein

唸法 嘿呢

解釋 綁在動物上的繩子，用來控制牠的方向；與皇后（reine）唸法一樣，但拼法不同，要注意喔！

❧ **remuer 攪拌** 英 stir

唸法 喝 ㄇㄩ 欸

解釋 指拿湯匙或攪拌器攪拌東西的動詞。

❧ **calorie 熱量** 英 calorie

唸法 嘎囉 ㄏㄧ

解釋 指食物吃進身體後會提供身體的能量，為可數名詞。

UNIT
22

Macchiato 瑪奇朵

主題介紹

　　一開始會有瑪奇朵（Macchiato）的出現，只是因為咖啡師想要讓服務生能分辨出純濃縮咖啡與加一點牛奶的濃縮咖啡，而加一點奶泡在咖啡上做記號，讓服務生一眼就知道，而不會送錯桌。其實瑪奇朵咖啡的原文意思是：標記、點綴或染色。其製作方法為一杯濃縮咖啡，再加入一到兩茶匙的牛奶或奶泡來點綴這杯咖啡，即使杯子很小，有些咖啡師還是會在上面拉花，讓喝的人在視覺上也得到滿足。

🍒 前輩經驗巧巧說

　　雖然原料與卡布奇諾一樣，都是咖啡、水與牛奶，但是喝起來的味道卻完全不一樣，它比卡布奇諾更濃郁，味道也更強烈一些。一般在台灣比較常見的是加了焦糖、香草糖漿的焦糖瑪奇朵咖啡，喝的時候要注意不能攪拌，要一層一層的從香香甜甜的焦糖醬開始享用，再來是混合了香草糖漿的牛奶，最後才是義式濃縮咖啡，會選擇焦糖醬的原因是它較濃郁，不容易跟牛奶混在一起，這樣才能創造出多層次的感覺，瑪奇朵口味較重，喜歡咖啡味較強烈的人可以選擇這款飲品喔！

memo --▶

 英文字彙　　 Track 87

macchiato *n.* 瑪奇朵

Macchiato is strong. Are you sure you want two shots of espresso in yours?

瑪奇朵本身就很濃了，你確定你的瑪奇朵要兩倍的濃縮咖啡嗎？

---

barista *n.* 咖啡師

Cindy likes the barista at Morning Café, so she goes there to see him every evening after work.

欣蒂很欣賞早晨咖啡店的咖啡師，為了看他，她每晚下班後都去咖啡廳。

---

waiter *n.* 服務生

I do not like the way this waiter talks to me. It's impolite!

我不喜歡這位服務生跟我說話的態度，真的很沒禮貌！

---

tiny *adj.* 一點點

The revised report is a tiny bit better than the first, but it is still not what I want.

這個修改過的報告有比第一版稍微好一點點，但還是不是我想要的。

❧ **mark** *v.* 做記號

Put a check mark by the items on the packing list, so you won't miss a thing.

你可以在打包清單上做打勾的記號，這樣你就不會錯過任何一項東西。

❧ **spotted** *adj.* 被點綴的、被裝飾的

My new dress is spotted with dots and flowers.

我的新洋裝被點點和花裝飾。

❧ **teaspoon** *n.* 茶匙

Please add one teaspoon of lemon vinegar into my glass of water.

請在我的水杯中加入一茶匙的檸檬醋。

❧ **amount** *n.* 數量

Macchiato is normally prepared by pouring a small amount of milk into a shot of espresso.

瑪奇朵正常的做法是在一份濃縮咖啡裡加入少量的牛奶。

╭─ 🍪 補充法語單字 ─╮　🐚 *Track 88*

❀ **macchiato 瑪奇朵** ㊤ macchiato

> 唸法▸ 馬 ㄎㄧ 阿斗
>
> 解釋▸ 以濃縮咖啡加入少量牛奶的飲品。

❀ **barista 咖啡師** ㊤ barista

> 唸法▸ 八 ㄏㄧ 絲塔
>
> 解釋▸ barista 是義大利文，不過在法語及英語系國家也稱
> 在櫃台調咖啡的人為 barista。

❀ **serveur 服務生** ㊤ waiter

> 唸法▸ ㄙㄟ 喝ㄈㄜ喝
>
> 解釋▸ serveur 為男性服務生，英文為 waiter；女性服務生
> 則為 serveuse，英文為 waitress。

❀ **un petit peu 一點點** ㊤ tiny

> 唸法▸ ㄤ　ㄆ踢　ㄅ
>
> 解釋▸ 要與 un 連用，un peu de + N（ㄤ ㄅ 的）意思是
> 「一點點的……」。

❧ **marquer** 做記號　英 mark

唸法▶ 媽喝給

解釋▶ 名詞 marque，就是指品牌或標籤的意思。

❧ **orner** 點綴　英 spot

唸法▶ 歐喝內

解釋▶ 指裝飾或用東西點綴人或物，名詞 ornement 為裝飾
品的意思。

❧ **cuillèrc à café** 茶匙　英 teaspoon

唸法▶ ㄍㄩ 以耶喝　阿　嘎非

解釋▶ 這邊為量詞，指一茶匙份量的東西，在食譜中常出
現。

❧ **quantité** 數量　英 amount

唸法▶ 共低爹

解釋▶ 指東西的量，例如：quantité de pluie（共低爹的
不呂）為降雨量的意思。

Mandheling 曼特寧

🧁 主題介紹

　　一般咖啡都是用地區的名稱命名的，而曼特寧為什麼叫曼特寧呢？有個很可愛的故事，據說有位日本軍人在印尼等待返家時，恰巧路過一間不起眼的咖啡廳休憩片刻，這杯咖啡的香氣、韻味及色澤，都讓他沉醉，於是他試著要問不懂日文的老闆咖啡的名稱，老闆以為日本兵在問他的故鄉在哪裡，老闆就說：「曼特寧人」，於是來自印尼蘇門答臘咖啡就有了 Mandheling 的名字了。

🍒 前輩經驗巧巧說

　　曼特寧（Mandheling）適合重烘焙，也因為是重烘焙，味道比一般的咖啡更為強烈、濃郁，酸度適中且帶有些許甜味，有時候還會有一股泥土的清香。曼特寧咖啡果顆粒大，豆質硬，較容易出現瑕疵，加上烘焙方式不同，市面上品質參差不齊，採買時要注意挑選；但也聽說曼特寧外表越醜，喝起來味道越好。資料顯示在曼特寧縣早期，當地人會用椰子殼裝咖啡，並把肉桂棒放在裡面，讓香醇的咖啡帶有肉桂香氣，如果能這樣喝曼特寧咖啡，不但造型十足，也能帶客人一起進入咖啡歷史，不是很好的創新嗎？

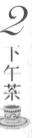

memo ───────────────────────────▶

 英文字彙　　🎵 *Track 89*

❧ **Mandheling** *n.*　曼特寧

How would you like your Mandheling, hot or cold?
你的曼特寧要熱的還是冰的呢？

❧ **soil** *n.*　土壤

The major problem of poverty in this area is infertile soil.
造成這個地區貧困的最主要問題是土壤貧瘠。

❧ **defects** *n.*　瑕疵、缺點

In this case, people are not the only reason. There're other defects also in this procedure.
在這個事件當中，人不是唯一的原因。這個程序上還有其他缺失。

❧ **stick** *n.*　棒子

Mandheling coffee is usually served in coconut shell with a cinnamon stick.
曼特寧咖啡從前是放在椰子殼裡加上肉桂棒上桌的。

✿ **coconut** *n.* 椰子

In Thailand, you can buy coconut anywhere on the street and only for 20 Baht.

在泰國，街上到處都可以買得到椰子，而且只要 20 泰銖。

✿ **shell** *n.* 殼

Sea turtle's shell is covered with scutes. Such a beautiful creature!

海龜的殼上面佈滿著鱗甲，真是漂亮的生物！

✿ **quality** *n.* 品質

It's awesome that my new jeans fit just right, but the poor quality the fabric is exposed after just a few washes..

找到一件合身的牛仔褲是多棒的事，但是它品質不好的纖維在我洗過幾次後，就跑出來了。

✿ **creative** *adj.* 創新、創意

In this drama class, you need to be creative and imagine that you're someone else.

在這堂戲劇課，你需要很有創意並想像你是另外一個人。

補充法語單字　　 Track 90

Mandheling 曼特寧　英 Mandheling

唸法 夢爹另

解釋 來自印尼蘇門答臘的咖啡，因美麗的誤會而被稱為曼特寧。

---

bâton 棒子　英 stick

唸法 巴洞

解釋 可為木棒或棒狀物都可用此單字來形容。

---

imperfection 瑕疵　英 flaw

唸法 尤杯喝飛送

解釋 perfection（杯喝飛送）為完美的，加上字根 im 則為反義，為不完美的、有瑕疵的。

---

terre 土壤　英 soil

唸法 爹喝

解釋 加上冠詞為 la Terre（拉爹喝）就變成了地球的意思。

❧ **qualité 品質** 英 quality

唸法 ▶ 嘎理爹

解釋 ▶ 可以指品質外，人的優點也可以用 qualité 來形容。

❧ **coquille 殼** 英 shell

唸法 ▶ 勾ㄍㄧˇ

解釋 ▶ coquille 為名詞，coquillage（勾ㄍㄧˇ阿舉）也是
名詞，但是指貝殼類動物。

❧ **noix de coco 椰子** 英 coconut

唸法 ▶ ㄋㄨㄚˋ　的　勾勾

解釋 ▶ noix 為堅果、果仁的意思，noix de coco 直譯為椰
子樹的果實，也就是椰子啦！

❧ **créatif 創新、創意** 英 creative

唸法 ▶ ㄎㄟˇ阿弟夫

解釋 ▶ 為形容詞，要知道陰性變化為 créative。

Café Irlandais 愛爾蘭咖啡

主題介紹

　　愛爾蘭咖啡（Irish café）屬於雞尾酒的一種，由愛爾蘭廚師 Joe Sheridan 發明並命名的；故事是這樣發生的，在 1940 年某個天寒地凍的冬夜裡，有一群美國人搭乘泛美航空飛行艇從愛爾蘭登陸，廚師 Sheridan 為了讓他們暖暖身子，便在咖啡中加入了愛爾蘭威士忌。吃飽喝足後，他們問廚師說：「我們剛剛是喝了巴西咖啡嗎？」，Sheridan 就隨意說：「你們剛剛喝到的是愛爾蘭咖啡！」，於是咖啡加上愛爾蘭威士忌就是愛爾蘭咖啡了。

♣♣ 前輩經驗巧巧說

在愛爾蘭，愛爾蘭咖啡有專門的咖啡杯，當初它是為了暖身而發明的，所以一般是喝熱的；把熱咖啡、威士忌和黑糖一起均勻的在杯中攪拌直到糖完全溶化（糖可以幫助最後要加的鮮奶油漂浮在上面），再把濃郁的鮮奶油小心的倒在最上面，速度要慢才不會沉下去，一開始可以用湯匙背面來幫忙它慢慢的滑下去，愛爾蘭咖啡上面的那層奶油，就是人們為它沉醉的關鍵。起初的做法，是使用沒有打發的鮮奶油，後來為了增加口感和讓它更容易飄浮在上面，一般市面上會用打發鮮奶油。

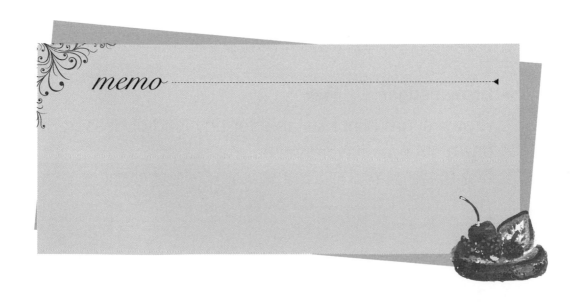

memo --◄

 英文字彙　Track 91

❧ Irish *adj.* 愛爾蘭人（語）

His mother is from Ireland. That's why he speaks Irish well.
他的愛爾蘭語那麼流利，是因為他媽媽是愛爾蘭人。

❧ mug *n.* 馬克杯

In the German beer festival, you can see waitresses holding 8 beer mugs at one time.
在德國啤酒節裡，你可以看到女服務生一次拿八個啤酒杯。

❧ dissolve *v.* 溶解

You have to stir it for a long time until the sugar is fully dissolved.
你必須一直攪拌直到糖完全溶解。

❧ brown sugar *n.* 黑糖

Brown sugar is not suitable for any kind of dessert. It has a stronger flavor than normal sugar.
不是所有的甜點都可以加黑糖，它比一般的砂糖味道更濃郁。

❧ **cocktail** *n.* 雞尾酒

Irish coffee is a cocktail made of hot coffee, Baileys, and sugar.
愛爾蘭咖啡是一種用熱咖啡、貝禮思奶酒和糖調成的雞尾酒。

❧ **drunk** *adj.* 陶醉的

She felt drunk with this romantic atmosphere.
這浪漫的氛圍使她陶醉。

❧ **float** *v.* 漂浮

If you know nothing about swimming, you can borrow a lifebuoy and float on the water.
如果你不會游泳，你可以借一個救生圈試著在水上漂浮。

❧ **surface** *n.* 表面

I love the smoothness of the surface of this cherry wood table. I will take it.
我很愛這張櫻桃木桌的平滑表面，我要把它買下來。

 補充法語單字 Track 92

❧ **irlandais** 愛爾蘭人（語） 英 Irish

> 唸法 依隆爹
> 解釋 形容有關愛爾蘭的東西，不論是人民、語言或是食物。

❧ **tasse** 馬克杯 英 mug

> 唸法 大司
> 解釋 馬克杯為專門裝熱飲的杯子，馬克杯是由英文 mug 音譯過來的。

❧ **dissout** 溶解 英 dissolve

> 唸法 弟蘇
> 解釋 動詞，原形為dissoudre（弟蘇的喝），固體溶解在液體中都可以使用這個字。

❧ **cassonade** 黑糖 英 brown sugar

> 唸法 嘎送那的
> 解釋 cassonade 源自古字 casson（嘎送），casson 的意思是粗糖塊或未加工的糖。

❧ **cocktail 雞尾酒、餐前酒** 英 cocktail

唸法 寇可ㄊㄟ、了

解釋 法國人吃飯前要先喝餐前雞尾酒，另一種說法為 aperitif（阿貝ㄏㄧ地夫），一般俗稱 apéro（阿貝 吼）。

❧ **flotter 漂浮** 英 float

唸法 夫囉爹

解釋 除了指東西漂浮在水面，也可指東西（旗子）飄揚在 空中。

❧ **ivre 陶醉的** 英 drunk

唸法 依府喝

解釋 可指喝醉的意思，或是某些東西令人陶醉。

❧ **surface 表面** 英 surface

唸法 蘇喝發思

解釋 兩種層面的意思，可指物體的表面或一件事情的表 面。

Learn Smart! 065

Bon Appétit! 甜點物語：英法語字彙（附 MP3）

作　　者　郭旭辰
發 行 人　周瑞德
執行總監　齊心瑪
企劃編輯　魏于婷
校　　對　編輯部
封面構成　高鍾琪

內頁構成　菩薩蠻數位文化有限公司
印　　製　大亞彩色印刷製版股份有限公司
初　　版　2016 年 10 月
定　　價　新台幣 360 元
出　　版　倍斯特出版事業有限公司
電　　話　(02) 2351-2007
傳　　真　(02) 2351-0887
地　　址　100 台北市中正區福州街 1 號 10 樓之 2
E - m a i l　best.books.service@gmail.com
網　　址　www.bestbookstw.com

港澳地區總經銷　泛華發行代理有限公司
地　　　　址　香港新界將軍澳工業邨駿昌街 7 號 2 樓
電　　　　話　(852) 2798-2323
傳　　　　真　(852) 2796-5471

國家圖書館出版品預行編目資料

Bon Appétit! 甜點物語：英法語字彙 / 郭
旭辰著. -- 初版. -- 臺北市：倍斯特,
2016.10
　面；　公分. -- (Learn Smart! ; 65)
ISBN 978-986-92855-8-2(平裝附光碟片)

1. 英語 2. 法語 3. 詞彙

　　805.12　　　105017021